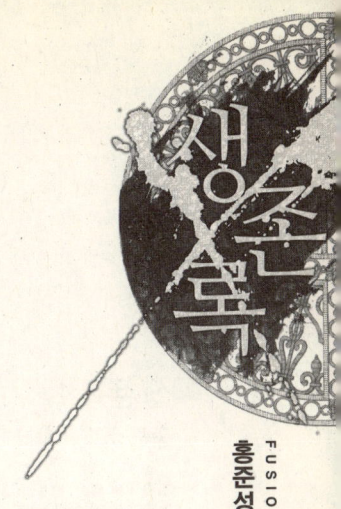

생존목록

홍준성 퓨전 판타지 소설

FUSION FANTASTIC STORY

생존록 1

홍준성 퓨전 판타지 소설

초판 1쇄 찍은 날 § 2013년 3월 19일
초판 1쇄 펴낸 날 § 2013년 3월 26일

지은이 § 홍준성
펴낸이 § 서경석

편집부장 § 권태완
편집책임 § 박은정
디자인 § 신현아

펴낸곳 § 도서출판 청어람
등록번호 § 제1081-1-89호
등록일자 § 1999. 5. 31
어람번호 § 제1-1568호

주소 § 경기도 부천시 원미구 심곡2동 163-2 서경B/D 3F (우) 420-822
전화 § 032-656-4452팩스 § 032-656-4453
http://www.chungeoram.com
E-mail § chungeorambook@daum.net

ⓒ 홍준성, 2013

ISBN 978-89-251-3223-5 04810
ISBN 978-89-251-3222-8 (세트)

생존록

1

홍준성 퓨전 판타지 소설

FUSION FANTASTIC STORY

도서출판 청어람

CONTENTS

작가서문

판타지 소설을 읽다가 문득 생각이 들었다.

우리가 진짜 판타지 세상에 떨어지게 되면 어떻게 될까?

왜 대부분의 퓨전 판타지 소설의 주인공은 마음씨 좋은 영주의 땅이나 드래곤의 레어 같은 곳에서 시작할까.

그래서 한번 써봤습니다. 생존록.

서장

"우성아, 합숙 훈련 가면 언제 돌아온다고? 어디서 하는 건데?"

나는 등산용 가방에 옷가지를 차곡차곡 포개어 넣으며 뒤를 돌아보았다. 어머니께서 근심 어린 표정으로 문가에 기대서서 나를 바라보고 계셨다.

걱정하실 만도 했다. 아들이 둘인데, 형은 독립을 하고 동생인 나는 제대한 지 얼마 되지 않아 훵 집을 떠나 버리니 말이다.

"한 달 후에 돌아와. 합숙은 미사리에서 한대."

어머니가 생각났다는 듯 짝 하고 박수를 치며 외쳤다.

"약도 챙겨라. 너는 툭하면 배 아프다고 징징대지 않니."

"배탈 났을 때 먹는 약은 미리 챙겨놨지."

나는 비상약을 집어넣은 앞주머니를 툭툭 친 후 마지막으로 세면도구를 넣고 지퍼를 잠갔다.

필요한 것은 모두 가방 안에 넣었다. 합숙소에 세탁기가 있으므로 옷은 상하의 세트로 다섯 벌만 넣었고, 세면도구, 비상약, 충전기, 털모자, 장갑, 그리고 심심할 때 읽을 만한 책 두 권을 넣었다. 양주 한 병도 챙겨 넣었음은 물론이다.

가방을 메고 현관에 걸터앉아 운동화에 발을 쑤셔 넣었다. 운동화를 모두 신고 자리에서 일어나 현관문 옆에 걸려 있는 전신 거울을 바라보았다. 약간의 근육이 붙어 있는 보통의 체구에 평범한 외모. 대한민국 평균 남성 그 이상도 이하도 아니었다.

'이번 합숙이 끝날 때쯤이면 근육이 좀 붙겠지?'

대학에 와서 내가 처음으로 들어간 동아리는 야구 동아리, 농구 동아리같이 평범한 동아리가 아니었다.

나는 힘들 것을 각오하고 남들과는 색다른 경험을 하기 위해 조정부에 지원했다.

운동 동아리인 만큼 몸을 키울 수 있고, 예전에 모 TV 프로에서 나온 이후로 조정에 부쩍 흥미가 생겼기 때문에 여러 사람의 만류에도 망설이지 않았다.

'후훗! 근육, 근육, 근육!'

나는 마음속으로 굳게 다짐한 후 뒤를 돌아보았다. 어머니
께서 역시나 근심 어린 표정으로 나를 바라보고 계셨다.

"너무 무리하지 말고 항상 조심해라!"

"응! 다녀오겠습니다!"

나는 어머니를 한 번 돌아본 후 버튼을 눌러 번호키 자물쇠
를 열었다.

띠리링—

철컥—

그 순간,

휘이이이이—

세찬 바람이 눈을 한 아름 안고 몰아쳤다.

CHAPTER 01
이계일까, 꿈일까

지금 내 눈앞에 펼쳐진 광경은 절대 꿈이 아니다.

날카로운 얼음 결정들이 살갗을 헤집고 지나갔다. 지평선 너머로 끝없이 펼쳐진 설원(雪原).

고산지대나 극지대에서 볼 수 있는 설원이 내 눈 앞으로 들이닥쳤다. 설원 끝에 언뜻언뜻 보이는 푸른색의 숲은 타오르는 태양을 등지며 기다란 그림자를 설원 위로 드리웠다.

"이, 이게 무슨……?"

나는 손을 뒤로 뻗어 현관문을 움켜잡으려고 했다.

"……!"

하나, 내 손아귀에 잡혀야 할 손잡이는 잡히지 않았다. 부질없이 허공을 움켜잡을 뿐. 나는 황망히 빈 공간을 가로지르는 손을 바라보았다.

이건 어찌 된 일일까? 갑자기 웬 설원?

꿈이라고 하기엔 몰아닥치는 삭풍이 매섭다. 뿐만 아니라 영하의 기온을 자랑하는 듯 숨을 내쉴 때마다 하얀 입김이 허공을 수놓았다.

'대체……'

지금 눈앞에 펼쳐진 광경은 마치 시베리아를 통째로 들어다 집 앞에 옮겨놓은 것 같았다.

"……"

너무나 당황스럽고 어처구니가 없어서 말이 나오지 않았다. 그저 입을 멍하니 벌린 채 지금 내가 처한 현실을 온몸으로 느낄 뿐이다.

거센 삭풍이 얼굴을 매섭게 때리고 추위가 옷가지 사이로 파고들었다.

'생각, 생각해 보자.'

아니, 일단 생각해 보기 전에 나는 손을 들어 뺨을 호되게 후려쳤다.

하지만 신기루처럼 사라질 줄 알았던 눈앞의 설원은 여전히 생동감 넘치는 자태를 뽐내고 있다.

확실하게 꿈이 아니다. 그렇다면 멀쩡하게 잘살고 있던 내가 외딴 곳으로 날아온 것이라는 말인데…….

"뭐지?"

이건 있을 수 없는 일이다. 소설책에서나 나올 법한 일이 눈앞에 펼쳐진 것이다. 그렇다. 그런 건 소설책에서나 나올 법한 상황이지.

머리가 극도로 혼란스러웠다.

이게 어떻게 된 일이지?

부들부들.

문득 몸 곳곳에서 살을 에는 듯한 추위가 느껴졌다. 극저온의 강한 바람이 불어오는 설원 위에 가만히 서 있었더니 체온이 슬슬 떨어지기 시작한 것이다.

나는 일단 가방에서 장갑과 모자를 꺼내 착용했다. 그리고 패딩 점퍼의 지퍼를 목까지 쭉 끌어올리니 그럭저럭 참을 만했다.

눈보라가 매섭게 얼굴을 때리는 것이 산악 고지대인 것 같았다.

"뭐지, 도대체?"

정말 이계로 떨어진 것일까?

나는 한동안 현관문이 있던 자리에 멍하니 서서 주위를 둘러보았다.

변하는 것은 없었지만 지금의 현실을 인정할 수 없었다. 마치 이 자리에 서 있으면 다시 현관문이 나타날 것만 같았다.

"젠장, 이게 무슨 일이야?"

눈으로 덮여 있는 땅바닥을 파보기도 했지만 눈 외에 나오는 것은 없었다. 이게 도대체 무슨 일이야!

"으아아아!"

가슴이 터져라 외친 함성은 매서운 바람 소리에 묻혀 사그라졌다.

나는 눈을 파내느라 거칠어진 호흡을 가다듬으며 다시 주변을 둘러보았다. 변한 것은 없었다.

나는 지금 지독하리만큼 현실적인 꿈을 꾸고 있는 것일까? 아니면 이곳은 정말 다른 세상일까?

전자든 후자든 여기서 죽치고 앉아 있는 것보다는 움직이는 것이 나을 것 같았다.

아직도 어리둥절하긴 하지만, 나는 이내 이성을 되찾으며 흘러내리는 콧물을 소매로 닦았다.

일단 눈보라를 피하고 보자.

내가 서 있는 곳은 설원의 가장 높은 고지대로, 사방이 훤히 보이는 곳이다. 만약 이 주위에 마을이 있다면 문명을 찾을 수 있는 가장 적합한 지형에 있다고 볼 수 있었다.

문명이라……. 그래, 전날 밤에 생존 다큐멘터리 방송을 봤는데 그것이 꿈으로 재현된 것 같다.

이건 꿈이군.

그렇다면 합숙 가는 장면도 꿈의 한 장면이었던 것인가?

아직 잠에서 깨어나지 않은 모양이군. 이런, 모임 장소로 가려면 일찍 일어나야 하는데 여기서 뭘 하고 있는지…….

나는 멍하니 서서 얼굴을 매섭게 때리는 눈보라를 느꼈다.

따가웠다. 아직 꿈에서 깨어나려면 멀었나 보다. 일단 이동해야겠다. 이동하다 보면 꿈에서 깨어나겠지?

하나, 서쪽을 바라본 순간 나는 얼어붙을 수밖에 없었다.

서쪽 하늘에 알 수 없는 행성이 떠 있었다. 그것은 태양도 달도 아닌 요사스러운 보랏빛을 뿜어대는 행성이었다.

저런 행성은 본 적이 없다. 설혹 우주 어딘가에 있더라도 지구의 하늘에서 저렇게 크고 이상하게 생긴 행성은 볼 수 없을 것이다.

당황스러웠다. 가슴 깊은 곳에 이것은 지독히도 현실적인 꿈일 것이라는 일말의 희망을 가지고 있었는데, 저 행성을 보는 순간 그 희망은 유리 조각처럼 산산조각 나고 말았다. 이곳은 정말 이계란 말인가?

하지만 반대로 생각하면 꿈일 수도 있었다.

저런 이상한 행성이 떠 있는 것 자체만으로 비현실적인 일 아니겠는가.

나는 패딩 점퍼 주머니에 넣어두었던 새콤달콤을 꺼내 입에 물었다. 달짝지근한 딸기 맛 새콤달콤이 혀끝에서 녹으며 잔뜩 혼란스러웠던 이성을 진정시켜 주었다.

그래, 꿈일 거야.

나는 지평선 너머로 보였던 숲 쪽을 향해 움직이기로 결정했다. 손가락을 이용하거나 시계를 이용해 방향을 확인하고 싶었지만 서쪽 하늘에 떠 있는 보라색 행성이 마음에 걸렸다.

'저건 달이야, 태양이야? 그리고 지금은 아침인가, 밤인가?'

주위를 둘러보니 확실히 아침은 아닌 것 같았다. 밤치고는 밝은 편이었지만 그렇다고 아침이라도 부를 수 없을 정도의 애매한 밝기. 아니, 혹시 모른다. 이곳은 아침과 밤의 구별이 없을 수도.

아무튼 방향을 재는 것은 포기했다.

일단 숲 속으로 가야겠다. 숲에 가면 숲을 관통하는 강을 찾을 수 있을 것이고, 혹은 계곡을 따라 내려가다 보면 문명을 찾을 수 있을 것이다.

문명이라…….

다시 한 번 헛웃음이 나왔다. 그래, 가보자. 중간에 깨겠지, 뭐. 만약 깨지 않는다면…….

나는 피식 웃으며 고개를 저었다.

아, 발가락이 시리네.

나는 축축하게 젖어가는 운동화를 원망스럽게 바라보았다. 이럴 줄 알았으면 등산화를 신고 나올걸.

나는 바닥에 털썩 주저앉아 재빨리 발가락을 주물렀다. 발가락이 차가워지고 있었다.

나는 양말을 손바닥으로 꽉 움켜잡은 채 발가락이 따뜻해질 때까지 비비고 또 비볐다. 역시 겨울에 운동화를 신고 나온 것은 잘못된 선택이었어.

5분 정도 잠깐 그렇게 마찰을 일으키자 발가락에 어느 정도 감각이 돌아왔다.

나는 설원 너머의 암녹색 숲을 살펴보았다. 저곳까지 가려면 제법 먼 거리를 걸어야 할 것이다. 이렇게 운동화를 신은 상태로 저기까지 간다면 정말 동상에 걸릴지도 모르겠다.

"꿈에서 동상이라……."

동상에 걸리면 꿈에서 깨어나려나?

나는 지퍼를 열고 가방 안에 들어 있는 물건들을 살펴보았다.

심심할 때 읽으려고 가져온 책들이 단열재로 쓸 만했다. 양주를 감싼 신문지도 종이니까 구겨서 쑤셔 넣으면 어떻게든 되지 않을까?

나는 양주를 싼 신문지를 벗겨냈다. 그리고 운동화의 끈을 빼낸 후 뜯어낸 종이로 신발을 돌돌 말았다. 신발 안의 빈 공간에도 신문지를 쑤셔 넣었다. 그렇게 신발의 안과 겉으로 몇 겹에 걸친 단열재를 두르자 제법 발이 따뜻해졌다. 마무리로 신발 위로 말았던 종이를 끈으로 돌돌 말자 그럴싸한 '단열 신발'이 만들어졌다.

"좋았어! 내가 바로 생존 왕이지!"

나는 자리에서 일어나며 다시 가방을 뒤로 멨다. 이제 이 고지대에서 내려가 조금 더 따뜻한 곳으로 이동해야겠다.

정말 지독하게도 긴 꿈이로군.

털모자를 푹 눌러쓰며 앞으로 걸어나갔다. 한 10분쯤 걸었을까? 얼굴을 매섭게 때리던 눈보라가 이제는 내 몸을 날려버릴 정도로 강하게 불기 시작했다.

나는 몸을 최대한 숙인 채 땅에 붙어 전방을 주시했다. 눈보라로 인해 사물이 잘 보이지 않았다.

이 지경까지 왔는데 깨지 않는군.

나는 허탈한 웃음을 지으며 패딩 속으로 고개를 파묻었다.

지금 눈에 띄게 바람이 강해지고 있는데 이것은 오히려 좋은 현상이라고 할 수 있었다. 이런 현상은 흔히 바람이 깊은 비탈에 부딪치면서 갑자기 압축되었다가 가속이 붙을 때 일어나는데, 따라서 갑작스런 풍속 증가는 깊숙한 비탈 쪽으로다 와간다는 뜻이다.

과연 얼마 지나지 않아 비탈길이 나왔다. 이 비탈길을 내려가면 금방 고지대에서 벗어날 수 있을 것이다.

나는 비탈길을 조심스럽게 내려갔다. 발이 푹푹 들어가는 것이 눈이 무지막지한 두께로 쌓여 있었다. 그래서인지 발걸음을 옮길 때마다 몸의 균형이 흔들렸다.

약간 숨이 차오르는데?

아마 푹푹 파이는 눈 때문일 것이다. 앞을 살펴보니 경사가 제법 완만했다. 미끄러져 내려가도 괜찮을 것 같았다. 물론 한번 잘못 미끄러지면 그대로 쭉 내려가 다리가 부러지든지 척추가 부러지겠지만, 보다 에너지를 덜 소모하고 시간도 단축시킬 수 있을 것이다.

그전에 나는 이 비탈길이 안전한 곳인지 확인해 보았다. 이러한 비탈길에서는 눈사태가 자주 일어나는데, 신설(新雪), 즉 새로 쌓인 눈 때문이다. 눈사태가 일어날만한 곳인지 확인하는 법은 눈 아래를 파보는 것이다. 단단한 얼음 층이 나올 때까지 눈을 판 후 신설 층을 감싸 안아 당겨보았을 때 신설 층이 쓸려 내려오지 않으면 이동해도 된다.

눈을 파고 확인해 보니 눈이 단단하게 고정되어 있었다. 이 정도라면 눈사태는 일어나지 않을 것이다.

좌악—

나는 지그재그로 비탈길을 내려갔다. 간간이 살짝살짝 미끄러지기도 했지만 내가 우려하던 사태는 벌어지지 않았다.

이대로 쭉 내려가면 따뜻해지겠지?

300m 정도 내려갈 때마다 온도가 4도씩 올라가니까 이 고지대에서 벗어나기만 해도 제법 날씨가 온화해질 것이다. 물론 눈보라가 그치지 않는다면 답이 안 나오겠지만.

"일단은 움직이고 있지만, 이게 현실적으로 가능한 일인가?"

나는 비탈길을 내려가며 이것이 꿈이 아니라면 어떤 일이 일어났는지 생각해 보았다.

이것이 꿈이 아니라면 다른 세상에 떨어졌다는 뜻이다. 즉, 소설책에서나 나올 법한 일이 내게 일어난 것이다.

무척 당황스럽고 공황상태에 빠질지도 모르겠다. 어떻게 해야 할지 몰라 방황할지도 모르겠다. 지금이야 꿈일 거라 믿고 아무렇지도 않은 척하고 있지만, 실상은 무척 두렵고 걱정된다.

나는 어떻게 해야 할까?

"뭐, 지금까지 살아온 대로 늘 최악의 상황을 염두하고 최대한 긍정적으로 생각해 봐야지."

나는 한참을 생각하다가 목표를 세워야겠다고 결정했다. 일단 이곳이 꿈속 세상인지 다른 세상인지 생각하지 말고 목표를 실천하면서 현실에 충실히 대처하는 것이다.

목표가 있으면 우울한 생각하지 않게 되고, 무엇보다도 지금의 상황이 육체적 시련을 요구하고 있어서 생존 외의 다른 생각을 할 틈도 없었다.

문득, 어떤 이야기가 떠올랐다.

옛날 2차 세계대전 당시 한 독일 병사가 죄가 없음에도 불구하고 시베리아의 납 광산에 25년 노동형을 받은 적이 있다.

그 병사는 광산에서 일한 지 1년 만에 지친 몸을 이끌고 탈출했다. 그리하여 그는 황량한 시베리아에서 세 번의 겨울을 보내고 마침내 자유를 되찾았다.

불도 캠프도 없이 그가 어떻게 3년이라는 긴 세월을 시베리아에서 보낼 수 있었을까. 그에게는 총알 열 개가 있었는데, 천 걸음을 전진할 때마다 왼손에서 오른손으로 한 개씩 옮겼다고 한다.

이렇듯 조그만 보상 하나만으로도 인간의 정신력은 극대화될 수 있는 것이다.

나는 혹시 모를 공황상태를 피하기 위해 독일 병사의 방안을 따르기로 결정했다.

내게는 총알은 없지만 그보다 훨씬 나은 새콤달콤이 있지 않은가.

촤악―!

'후우!'

몸을 최대한 긴장시키며 비탈길을 모두 내려오자, 일종의 희열과 함께 피로가 몰려왔다.

희열과 피로라…… 이것들이 과연 꿈에서 겪을 수 있는 것들인가. 아직은 모르겠다. 아니, 알고 싶지 않다.

나는 차가워진 손가락과 발가락을 구부려 감각을 되찾고, 주머니 안에 넣어두었던 새콤달콤을 꺼내 입에 물었다. 달콤한 딸기향이 입안에 퍼져 나가자 기운이 솟아올랐다. 게다가 단것을 섭취하는 것은 기운을 북돋는 것 외에 또 다른 부수적인 효과를 준다.

바로 뇌를 속이는 것이다. 단것을 먹으면 뇌는 충분한 식사를 했다고 느낀다. 따라서 공복감도 덜 느껴지겠지.

나는 하얗게 피어오르는 입김을 허공에 수놓으며 지평선 너머로 보이는 암녹색의 숲을 바라보았다. 저 숲에 어떤 위험이 도사리고 있을지는 모르겠지만 일단 강을 찾으면 문명에 가까워지리라.

"후욱, 훅, 훅."

나는 계속해서 손가락과 발가락을 움직였다. 고지대에서 내려왔다고 하더라도 방심하면 안 된다.

장갑을 보니 문득 단순한 털장갑이 아니라 스키용 장갑을 챙겼다는 것에 무한한 안도감을 느꼈다.

고지대에서 내려오자 키가 낮은 관목과 바위가 보였다.

나는 이제 눈을 파서 설동을 만들기로 결정했다. 좀 더 전진할 수 있었지만 날이 슬슬 어두워지고 있었다. 아니, 어두워지고 있다는 표현이 맞을까?

하늘은 점점 보랏빛으로 물들고 있었다. 저것이 무슨 현상인지는 모르겠지만 그래도 아침이 밝아오는 것은 아닌 것 같았다.

퍽! 퍽!

바위 옆에 자리를 잡고 눈을 파내려 갔다. 문으로 삼을 구멍을 만들고, 아래로 더 내려가 누울 만한 공간을 팠다. 설동이 무너지지 않게 조심스럽게 파는 것은 물론이었다.

얼마나 시간이 흘렀을까?

나는 그럴싸한 설동을 판 후, 눈을 뭉쳐서 입구를 막았다. 눈보라가 들어오지 못하게 막는 것이다.

"확실히 따뜻하군."

나는 눈뭉치 사이로 보이는 보랏빛 하늘을 바라보았다. 요사스러운 보랏빛을 내뿜는 행성 주위에는 다섯 개의 반짝이는 별이 있다. 그 별들은 오각형을 그리며 행성을 호위하듯이 밤하늘을 밝히고 있었다.

'아름답다.'

보랏빛 광채 아래로 빛나는 순백(純白)의 설원은 환상 그

자체였다. 눈보라를 피해서 어느 정도 몸이 편해지자 지금까지 발견하지 못한 설원의 아름다움이 한눈에 들어왔다. 지금 눈앞에 펼쳐진 설원은 그 어떠한 현대의 그래픽 기술로도 자아낼 수 없는 자연의 광활함을 품고 있었다.

보랏빛 광선을 반사시키는 얼음 결정, 이리저리 바람에 깎여 나간 가파른 절벽과 계곡, 우뚝 서서 유수와도 같은 세월을 몸에 새겨 넣은 암석들. 자연을 보고 있자니 갑자기 졸음이 밀려왔다.

문득 어떤 생각에 미쳤다.

'꿈속에서도 잠을 잘 수 있나?'

꿈을 다룬 영화에서 본 것 같은데…… 그래, 꿈속의 꿈에 빠질지도 모르겠다.

＊　　＊　　＊

"으으……"

몸이 뻑적지근하다. 웅크려서 자서 그런지 근육이 뭉친 것 같았다.

'지금이 몇 시지?'

눈을 비비고 주위를 둘러보니 어두컴컴했다. 발밑으로 햇살이 들어오고 있었는데,

"그래, 여기는 어제 내가 팠던 설동이구나."

나는 입구를 막아두었던 눈뭉치를 발로 차내고 밖으로 나왔다.

언제 태양이 떴는지 보랏빛 행성은 온데간데없고 하늘도 평범한 푸른색이었다.

"…꿈이 아닌가?"

막 잠에서 깨어난 후의 피로감, 여전한 추위, 그리고 약간의 졸음, 씻지 않고 잔 찜찜함까지 꿈이라고 하기에는 지극히 현실적인 감각이다.

꿈이 아니다.

인정하기 싫었던, 외면해 오던 사실을 강제로 직면하게 되자 멍해진다.

"황당하군."

나는 한숨을 푹 내쉬고 바위 쪽으로 다가갔다. 일단 생리현상부터 해결해야 할 것 같다. 시원스럽게 뻗어 나가는 물줄기. 물론 소변이다. 소변을 보자 기분이 착잡해졌다. 꿈속에서 소변을 보진 않겠지. 이젠 정말 외면할 수조차 없게 만드는구나.

나는 설동에서 가방을 꺼내 소지품을 다시 확인해 보았다.

이것이 꿈이 아닌 이상, 나는 이 설원에서 한 편의 생존 다큐멘터리를 찍어야 하는 것이다. 세면도구, 비상약, 여벌의

옷, 핸드폰 충전기, 핸드폰, 책, 물통, 양주.

주머니에 있는 것을 꺼내보았다. 라이터와 담배 한 갑, 그리고 새콤달콤 세 개. 이 소지품을 이용해서 나는 이곳에서 살아남아야 한다.

"그래도 라이터랑 물통이 있네. 약도 있고."

라이터가 있으니 원시적인 방법으로 불을 피우지 않아도 되고, 물통이 있으니 물을 운반하는 걱정도 안 해도 될 것이다. 무엇보다도 비상약이 있으니 위급한 상황이 왔을 때 보다 유연하게 대처할 수 있을 것이다.

"어라, 맥가이버 칼도 있네."

나는 가방 옆에 나침반과 함께 대롱대롱 달려 있는 맥가이버 칼을 살펴보았다. 손바닥에 잡히고도 남을 만한 크기로 아주 유용하게 쓸 수 있을 것 같았다. 칼과 라이터, 물통이 있으니 생존을 위한 최소 조건은 갖춘 셈이다.

물을 한 모금 마시고 어지럽게 뒤엉킨 머릿속 생각들을 정리했다.

이것은 꿈이 아니고, 나는 다른 세상에 떨어졌다. 마치 소설처럼.

현실은 내가 이 야생의 설원에 있다는 것이고, 어디로 가야 할지 정해져 있지 않으며, 앞으로 어떻게 살아야 할지도 정해져 있지 않다. 하지만 단 하나 확실한 것은 이곳에서 살아남아야 한다는 것이고, 나는 해낼 수 있다고 믿는다.

이제는 정말 목표를 정해야 한다. 목표를 정하지 않으면 자꾸 이상한 생각을 하게 될 것 같았다.

일단 강줄기를 찾아 강줄기를 따라 이동해야겠다. 그리고 이정표를 지날 때마다 보상으로 새콤달콤을 먹어야지.

나는 하늘을 올려다보았다.

손가락으로 톡 건드리면 쨍 하고 깨질 것 같은 하늘. 서울에서는 찾아볼 수 없는 상쾌한 공기와 청명한 바람이 밤을 지새우며 찌뿌드드했던 몸에 활력을 불어넣는다. 하지만 머리는 여전히 복잡했다.

이럴 땐 새콤달콤이지.

나는 새콤달콤의 포장지를 뜯어 한 개를 입에 넣고 설원을 향해 발걸음을 옮겼다. 눈보라는 그쳤고, 가벼운 바람만이 불었다.

울창한 암녹색의 숲을 향해 설원 위를 걷고 또 걸었다. 다행히 날씨가 좀 풀려서 눈보라가 길을 가로막지는 않았다.

벌컥벌컥—

"크!"

나는 바닥을 보이기 시작한 물통을 물끄러미 바라보았다. 생존에 반드시 필요한 것이 있는데 그중 하나가 바로 물이다.

다행스럽게도 근처에 눈이 산더미같이 쌓여 있으므로 물

걱정을 할 필요는 없었다. 물통에 눈을 쑤셔 넣고 길을 재촉했다.

오늘 밤 안에는 숲에 도착해야겠다.

나는 서서히 보랏빛으로 물들어가는 하늘과 숲과의 거리를 대충 가늠해 보았다. 오늘 밤에는 설동에서 자지 않아도 될 것 같다.

숲에 들어가면 일단 불을 피우고 은신처를 만들어야 한다. 불은 일단 걱정이 없다. 왜냐하면 라이터가 있기 때문이다.

이럴 땐 흡연자라는 사실이 도움이 되는군. 나는 씁쓸하게 웃으며 주머니에 불룩 튀어나온 담뱃갑과 라이터를 바라보았다.

은신처도 크게 걱정이 없었다. 평소 서바이벌 게임에 관심이 많았기에 오래 머무를 것도 아니고 간단한 은신처 정도는 만들 수 있었다.

나뭇가지를 꺾어 바위에 비스듬하게 얹어 지붕을 만들고, 밑에는 사이프러스 나뭇잎 같은 잎사귀들을 구해 깔면 금방 만들 수 있다. 무엇보다도 불이 있으니 그나마 따뜻한 밤을 보낼 수 있을 것이다.

"후욱, 후욱."

나는 묵묵히 설원을 걸었고, 예상대로 밤이 되기 전에 숲의 초입에 도착할 수 있었다. 암녹색의 숲은 눈으로 덮여 있었다.

눈 사이로 동토가 희끗희끗 보였으며, 물이끼 같은 것들이 자라고 있었다. 저런 이끼류 식물이 자라는 것을 보니 내가 처음 도착했던 곳이 산간 고지대임이 확실했다.

그렇다면 조금만 더 가면 이제 눈이 완전히 사라질 것이고, 얼어붙었던 물이 녹아 시내가 되어 흐르는 곳을 발견할 수 있을 것이다.

나는 숨을 한 번 크게 들이마신 후 숲 안쪽을 향해 발걸음을 옮겼다.

'빨리 불을 피우고 은신처를 만들어야겠다.'

나는 빽빽하게 숲을 채우고 있는 고목들을 보며 내심 안도했다. 숲 안쪽은 눈이 수북하게 덮여 걸음을 옮기기 매우 힘들었지만, 숲의 고목들은 거의 대부분이 말라있었다.

마른 고목들은 몸체의 모든 부분이 불쏘시개다. 뿐만 아니라 꺾기 쉬워서 은신처를 만들기에도 적합하다.

나는 곧바로 은신처로 삼을 만한 곳을 물색했다. 비록 해가 저물기까지는 시간이 많이 남았지만, 빨리 은신처를 세우고 불을 지핀 후 먹을 것을 찾아야 했다.

새콤달콤만으로 공복감을 채우는 것은 무리다. 아직까지는 버틸 수 있지만, 구할 수 있을 때 최대한 구해야 한다.

'이곳이면 적당하군.'

커다랗고 길쭉한 바위가 덩그러니 놓여 있고, 그 위로 바짝 마른 고목이 쓰러져 있다. 나는 바위 안쪽으로 누울 곳을 마련해야겠다고 생각하며 그쪽을 막고 있는 나뭇가지를 뜯어냈다.

뚜드득— 뚜드득—

그때였다. 막 껍질을 뜯어내고 있는데 바짝 마른 나무의 속살 사이로 꿈틀거리는 유충이 보였다. 새하얀 몸체에 끝이 검은, 살이 통통하게 오른 유충.

"윽!"

저절로 입매가 일그러졌다. 유충을 먹을 수는 있다. 하지만 그 정도로 절박한 상태는 아니었다. 단백질 공급원이라고 자위하며 유충을 씹어 먹을 수 있을 정도의 경지에 이르려면 아직 멀었다.

대신 나는 산딸기나 열매를 찾아보기로 결정했다. 일단 은신처부터 완성해야지. 나뭇가지를 마저 뜯어 누울 곳을 마련했다. 지붕도 만들려다가 하늘을 보고 관두었다. 비가 내릴 것 같은 날씨는 아니었다. 유비무환이라고 했지만 에너지를 낭비할 필요는 없지. 나는 주변을 둘러보며 쿠션으로 쓸 만한 것들을 찾아보았다.

"흠, 이게 과연 물이끼일까?"

나는 아까 눈여겨보았던 이끼를 쭉 뜯어보았다. 이곳은 이계인지라 지구와 생태 환경이 같을지는 미지수였다. 하지만 생김새는 물이끼와 똑같았다.

물이끼는 푹신푹신해서 깔개로 적합하고, 단열재로도 쓸 수 있다. 뿐만 아니라 요오드 성분을 함유하고 있어서 상처가 날 때 소독제로도 쓸 수 있다. 세계대전 당시 병사들이 물이끼를 사용했다는 사실은 물이끼의 효능이 꽤나 좋다는 것을 증명해준다.

물이끼든 아니든 어차피 쿠션으로 쓸 거니까 상관없겠지.

물이끼를 한 번씩 털어내고 은신처 바닥에 깔자 제법 그럴싸한 잠자리가 완성되었다.

"30분 정도 걸렸군."

시계를 힐끗 쳐다본 나는 바짝 마른 나무껍질과 나뭇가지를 들고 은신처 앞에 털썩 주저앉았다. 이제는 불을 피워야 한다.

나는 가방을 내려놓고 라이터를 꺼냈다. 그리고 주변에서 불쏘시개로 쓸 만한 것들을 구해왔다. 마른 낙엽이 주된 불쏘시개였다.

"아, 책이 있었지."

나는 가방에서 손에 잡히는 책 한 권을 꺼냈다. 이 책은 이제 훌륭한 불쏘시개가 될 것이다.

앞부분을 쭉 잡아 뜯어 낙엽 위에 올려놓았다.

찰칵—

종이는 활활 잘 타올랐다. 종이에 옮겨 붙은 불씨는 낙엽과 근처의 마른 나뭇가지들을 살라먹으며 몸집을 불렸다.

역시 문명의 이기를 활용하니 한결 편하군.

나는 먹을 것을 구해오는 사이 불씨가 꺼지지 않도록 불쏘시개를 충분히 넣은 후 숲의 안쪽으로 발걸음을 옮겼다.

"후우!"

하얀 입김이 허공을 수놓았다.

내가 여기서 뭘 하고 있는 거지? 아직도 이게 꿈인지 현실인지 모르겠다. 그저 한바탕의 지독한 악몽이었으면 한다. 하지만 악몽에서 깨어나기는커녕 이 지독하리만큼 현실적인 감각들이 날 괴롭힐 뿐이다.

나는 한 손에 맥가이버 칼을 쥐고 조심스럽게 발걸음을 옮겼다.

비록 사방이 다 보여서 야생 동물들의 습격에 대비할 수 있다고 할지라도 반대로 나도 그만큼 노출된 상황이기 때문에 조심해야 한다.

바스락바스락—

나무 밑의 수풀을 뒤져 보았지만 겨울딸기 비슷해 보이는 것들은 코빼기도 보이지 않았다.

그럼 그렇지. 이렇게 쉽게 나오면 오히려 그게 더 이상하지.

"후아."

나는 물을 한 모금 마신 후 주위를 둘러보았다. 어디서 먹을 것을 찾지? 수풀이라고는 죄다 바짝 마른 식물밖에 없다.

나는 조금 더 멀리 가보기로 결정했다. 아직 하늘이 완전 보랏빛으로 물들기까지는 시간이 남아 있으니까 시내를 한번 찾아봐야겠다.

혹시 방향을 잃고 은신처로 못 찾아올 수도 있으므로 가장 큰 고목 주변에 낙엽을 수북하게 쌓아올렸다. 그리고 돌을 화살표 방향으로 만들어놓아 은신처가 있는 방향을 가리키도록 했다.

"이 정도면 되겠지."

아까 눈 덮인 설원을 지날 때 구릉 너머로 얼어붙은 강을 언뜻 본 것 같다.

나는 방향을 어림으로 짐작하며 그쪽을 향해 발걸음을 옮겼다. 개울은 수많은 동식물의 삶의 터전이니까 그곳에 가면 먹을 것을 상대적으로 구하기 쉬울 것이다.

바스락바스락—

수풀을 헤치며 약간 발걸음을 빨리하여 나아갔다. 그러자 짐작한 방향이 맞았는지 얼어붙은 강이 모습을 드러냈다. 얼음의 언 정도를 확인해 보니 올라가도 괜찮을 것 같았다.

"얼음낚시를 해볼까?"

마침 강가의 바위 근처에 얼음이 깨져 물이 흐르는 것이 보인다. 얼음낚시를 하는 데 거창한 준비물이 필요하지는 않았다. 끈과 핀, 미끼, 그리고 돌만 있으면 되었다.

나는 우선 운동화 끈을 풀었다. 이 끈이 낚싯줄이 될 것이다. 그리고 입고 있던 패딩을 벗어 상표가 있는 부분을 확인해 보았다.

역시나 핀이 있다. 최근에 세탁소에 드라이를 맡겼는데 세탁소 주인이 패딩을 세대별로 구분하기 위해 꽂아놓은 핀이다.

"좋았어."

핀을 구부려 낚시찌처럼 모양을 만들었다. 이제는 미끼가 필요한데, 어디서 구하지?

나는 아까 나무껍질을 뜯어내다가 유충을 발견했던 것을 떠올렸다. 하늘을 보고 대충 시간을 가늠한 나는 서둘러서 근처에 있는 죽은 고목들의 껍데기를 뜯어내었다.

뚜둑— 뚜두둑—

처음에 뜯기 시작한 고목은 허탕을 쳤지만, 그 옆의 고목에서 자그마한 유충을 구할 수 있었다.

나는 핀의 갈고리에 유충을 꽂아 넣은 후 핀을 끈과 연결했다. 이제 이 끈을 바위에 묶어서 찌는 강가에 집어넣고 바위에 고정시키면 된다.

나는 근처에서 적당한 크기의 돌을 구해 그곳에 운동화 끈을 묶었다. 자, 이제 완성이다. 남은 것은 모두 신께 맡기는 수밖에 없다.

퐁당—

낚시찌를 강가에 넣고 돌을 바위틈에 넣어 고정시켰다.

"좋아!"

일이 순조롭게 풀리고 있다. 이제 저 미끼에 물고기가 걸리기만 하면 정말 행복할 것 같다.

낚시 준비가 끝났으니 기다리는 동안 뭘 해볼까.

물고기를 기다리는 동안 시간을 보내기 위해 근처에 있는 나뭇가지 중 제법 두꺼운 녀석을 다듬기로 했다. 끝부분이 부러져 연한 속살이 드러나 있는 것으로 조심스럽게 칼질을 한다면 예리하게 만들 수 있을 것 같았다.

하늘을 올려다보니 이제는 보랏빛이 완연했다. 밤이 된 걸까? 그래도 어젯밤처럼 진한 보랏빛은 아니었으므로 아직 시간이 남아 있다는 뜻이리라.

물고기가 밤이 되기 전까지 낚이지 않으면 어떡하지?

걱정이 되었지만 그래도 밤이 된다면 포기하고 은신처로 돌아가야 한다. 이 숲에 어떤 동물들이 살고 있을지 모르니까 불을 꼭 옆에 두고 있어야 한다. 그리고 오늘 밤은 배고프겠지만 내일 아침은 물고기로 식사를 할 수 있지 않을까?

"창을 만들자, 창을."

나는 최대한 머릿속을 비워내며 나뭇가지를 손에 쥐었다. 몸체가 될 나뭇가지의 잔가지를 모두 꺾어내고 앞부분을 칼로 깎아냈다. 칼로 나무를 깎아내는 것은 의외로 힘든 노동이었기에 그럴듯한 모양으로 만드는 데 제법 애를 먹었다.

"후욱, 후욱."

이러다 칼이 부러지진 않겠지? 나는 맥가이버 칼을 불안한 눈길로 쳐다보며 힘겹게 나뭇가지를 깎아냈다. 이로 인해 칼의 날이 무뎌지긴 하겠지만 그래도 내가 공격할 수 있는 사거리는 늘어나게 된다. 이 나뭇가지로 사냥도 할 수 있으니 손해 보는 것은 아니지. 그래도 맥카이버 칼이 부러지면 큰일이야.

나는 들고 온 물통의 물을 한 모금 마신 후 대충 완성된 창을 바라보았다.

창촉이라 할 수 있는 끝부분은 울퉁불퉁했지만 그래도 날카로웠다. 이 정도 날카로움이라면 연약한 짐승의 뱃가죽 정도는 쉽게 파고들 수 있을 것이다.

"후우!"

창촉을 바라보고 있자니 새삼 야생에 홀로 던져진 것이 실감 났다. 이제는 진짜 내 스스로 몸을 지켜야 한다.

나는 다시 하늘을 올려다보았다. 변함없이 보랏빛으로 물들어 있는 하늘, 그리고 알 수 없는 행성들이 보였다.

이제는 정말 끝이군. 의심할 여지없이 이곳은 꿈속 세상이 아니며, 다른 차원의 세상이다. 물론 예전부터 그래왔겠지만, 머리로 인정하는 것과 몸으로 체감하며 인정하는 것에는 큰 차이가 있다.

"제기랄."

여기서 뭘 하면서 지내야 하지? 로빈슨 크루소처럼 지내야 할까? 아니면 문명을 찾아 이동해야 할까? 이곳 사람들과 대화도 통하지 않을 텐데 나는 이곳에서 어떻게 살아남을 수 있을까.

"우선 이 숲 속에서 살아남고 봐야겠지?"

얼마나 시간이 지났을까. 체감으로는 한 시간 정도 지난 것 같다.

나는 창을 바닥에 내려놓고 낚싯줄을 확인해 보았다. 언뜻 보기에 낚싯줄은 미동도 없다.

나는 조심스럽게 바위틈에 박힌 돌을 뽑아 들어보았다. 눈을 동그랗게 뜨며 크리스마스 선물을 뜯어보는 어린아이처럼 줄을 뚫어져라 바라보았다.

부르르—

끈에서 느껴지는 진동. 그 역동적인 생명력이란! 손이 부르르 떨렸다.

얼음낚시에 성공한 것이다. 근성과 내가 지니고 있던 서바이벌 상식이 빚어낸 결과물이다. 물론 행운도 따르긴 한 것 같지만, 최초로 사냥에 성공했다는 희열감에 기뻐서 눈물이 날 것 같았다. 무엇보다도 낚시에 성공한 것이 사기 진작에 큰 기여를 했다.

그래, 이곳에서 살아남을 수 있을 거야.

나는 씨익 웃으며 눈알을 뒤룩뒤룩 굴리는 물고기를 내려다보았다. 손바닥에 꽉 잡히는 튼실한 녀석이었다. 맛있어 보이는군.

"생선구이!!"

*　　　*　　　*

은신처에 도착하니 불이 꺼질 듯이 조그맣게 불타오르고 있다.

나는 불속에 충분한 연료를 넣어주고 바닥에 주저앉아 물고기를 분해했다. 물고기 눈알을 먹는 취미는 없었으므로 머리와 꼬리는 잘라내 불속에 집어던졌다. 내장도 집어넣었음은 물론이다.

만약 내장과 먹지 않는 부분을 방치해 두면 그 냄새를 맡고 짐승들이 몰려올 가능성이 다분했다. 이 숲 속 어딘가에는 짐승들이 살고 있을 테니 조심해서 나쁠 것은 없었다. 물론 물고기 굽는 냄새도 충분히 자극적이겠지만.

'불이 있으니 괜찮을 거야.'

그래도 긴장을 늦추지 않으며 물고기를 고정시킬 막대를 만들었다. Y자 모양 막대 두 개와 물고기의 몸체를 꼬치처럼 꿰뚫을 막대. 나는 불 위에 물고기를 올려놓고 불길의 세기를 점검했다.

사냥감을 구울 때 적당한 온도는 불 위로 손을 가져다 대고 5초 동안 기다려 보면 알 수 있다. 이글거리는 불길 위로 조심스럽게 손을 가져다 대보았다.

"어이구, 뜨거워!"

나는 5초를 기다리기 무섭게 황급히 손을 빼내어 겨드랑이 사이에 집어넣었다. 불길은 충분히 뜨거웠다.

30분 정도 기다리면 되겠지?

30분 후 내 입속으로 들어갈 야들야들한 생선의 속살을 생각하자 군침이 절로 돌았다. 얼른 먹고 싶었다. 입맛을 쩝쩝 다시며 나는 잠자리 위로 길게 드러누웠다. 커다란 바위에 반사된 불의 열기가 내가 있는 곳까지 충분히 와 닿았다. 이 정도 따뜻함이라면 불이 꺼지지 않는 이상 얼어 죽을 일은 없을 것이다.

'하아! 다시 돌아갈 수 있을까.'

보랏빛으로 물든 밤하늘을 바라보며 나는 상념에 잠겼다. 지구로 다시 돌아갈 수 있을 것인가.

소설책을 읽다 보면 대부분의 주인공은 원래의 목적을 상실하고 하하, 호호거리며 이계 생활을 즐긴다. 가족과 지인들에 대한 걱정은커녕 여자를 후리고 수련하는 데에 바쁘다.

하나, 나는 가족과 지인들이 가슴 시리도록 보고 싶었다.

꼭 돌아가고 싶다.

내가 살던 세계로.

CHAPTER **02**
생존

지금은 새벽이다.

한 치 앞도 분간할 수 없는 칠흑 같은 어둠이 사방을 짓누르고 있지만, 피워놓은 불로 어느 정도 시야를 얻을 수 있었다. 나는 가시권 내의 영역을 샅샅이 훑어보며 어제 만든 창을 굳게 움켜쥐었다.

'…뭔가 있다.'

귀를 활짝 열고 온몸의 감각을 극대화시켰다. 야생동물들은 밤에 본격적으로 활동하기 시작하므로 바짝 긴장하고 있어야 한다. 이런 묘한 기분을 느껴보기는 이곳에 떨어진 이후로 처음이다.

마치 누군가 끈적끈적한 시선으로 날 바라보는 것만 같은 느낌.

'…….'

이것이 무슨 느낌인지 짐작이 간다.

나는 사냥당하고 있다.

*　　　*　　　*

밤중에 횃불 없이 숲 속을 방황하는 것은 그야말로 미친 짓이기에 나는 은신처에서 대기하기로 결정했다.

내게는 환하게 불타오르는 불이 있고, 대부분의 야생동물은 불을 두려워한다. 따라서 내가 지금 할 수 있는 거라고는 창을 굳게 움켜쥔 채 불의 영역을 확장하는 것이다.

나는 불붙은 나뭇가지들을 주변으로 휙 뿌렸다. 은신처를 중심으로 원을 그리듯이 뿌리자 그럴듯한 방어선이 생겼다.

끼으으―

멀리서 들려오는 새소리를 제외하고 주위는 소름 끼치도록 조용했다. 풀벌레 소리도 들려오지 않고 오직 수풀이 바스락거리는 소리뿐이다. 사방에서 시시각각 짓쳐들어오는 수풀 소리에 나는 극도로 예민해져 창을 움켜쥐었다.

원초적인 두려움.

그 시꺼먼 녀석이 내 마음 깊숙한 곳에서 스멀스멀 기어 나오고 있다. 두려움이라는 그 녀석에 호응하며 심장은 쿵쾅거리고 부신수질(副腎髓質)은 아드레날린을 세차게 분비했다. 뇌는 위험하다는 경종을 울렸으며, 등줄기를 타고 소름이 쫙 돋았다.

덜덜—

나는 흔들리는 창끝을 바라보며 침으로 바짝 마른 입술을 적셨다. 이건 실제 상황이다. 조잡한 창 하나와 불에 의지한 채 거의 맨몸이나 다름없는 상황에 야생동물과 대치하고 있다. 이곳은 동물원이 아니며, 야생동물로부터 보호받을 철창 따위는 기대할 수도 없다.

게다가 사육사의 먹이에 길들여진 순한 동물이 아닌, 숲 속에서 철저한 약육강식의 생존 원리에 따라 살아온 맹수가 수풀 속에 도사리고 있다.

아무리 담력이 강한 사람일지라도 사자 크기의 야생동물과 대치하고 있으면 다리가 후들후들 떨리고 원초적 두려움에 휩싸인다. 소설이나 게임 속에서 흔한 몬스터로 나오는 늑대조차 직접 마주치면 오금이 저린다. 그런데 하물며 인간 크기의 오크와 아무렇지도 않게 격전을 벌인다? 그건 정말 말도 안 되는 개소리다.

바스락—

수풀 소리.

흠칫 몸을 떨었다.

방금 그 소리는 꽤나 가까운 곳에서 들렸다. 나는 창을 움켜잡고 천천히 주위를 둘러보았다. 칠흑 같은 어둠 속에서 알 수 없는 움직임들이 어렴풋이 보였다.

'하나가 아닌가?

이곳저곳에서 산발적으로 들려오는 움직임. 만약 내가 조우한 것이 늑대 무리라면 난 이곳에서 뼈를 묻어야 할지도 모른다. 늑대가 코요테와 습성이 비슷하다면 뼈도 남기지 못하고 놈들의 뱃속으로 사라지겠지.

'시발.'

어느 날 갑자기 이상한 곳에 떨어져 뼈도 남기지 못한 채 사라진다고 생각하자 욕이 절로 치밀어 올랐다. 그와 동시에 알 수 없는 무모한 용기가 두려움을 비집고 흘러나왔다. 즉, 간이 부어올랐다는 뜻이다.

오기가 생겼다. 화가 치밀어 올랐다. 무엇보다도 젊은 나이에 단명(斷命)한다는 것에 강한 반감이 일었다.

내가 왜 이곳에서 처참하게 죽어야 하는가. 나는 아직 동정이야! 그것도 못해보고 죽을 순 없어!

"후우."

미친 듯이 쿵쾅거리던 심장이 진정하고, 아드레날린을 분비하던 호르몬 체계도 진정한다. 나는 남아 있는 두려움을 애써 털어내며 가슴을 비집고 솟아오른 '미친 자신감'으로 온몸을 무장했다.

그래, 해보는 거다. 결국 뜯겨 먹힌다 할지라도 한번 찔러나 보자.

"와라!"

나는 창을 수평으로 휘두르며 호기롭게 외쳤다. 그러자 내 말을 알아들은 것인지, 이제 공격할 때가 되었다고 생각한 것인지 어둠 속에서 두 쌍의 샛노란 눈동자가 떠올랐다. 예상과는 달리 한 떼의 늑대가 아니라 무리에서 빠져나온 듯한 개 두 마리였다.

'늑대가 아닌가?'

보통 늑대보다 체구가 작아 이상하게 안도감이 느껴졌지만 야생에서 자란 커다란 개 두 마리도 보통은 당해내지 못할 숫자다.

<u>크으르르르르!</u>

전방에서 큰 개 두 마리가 으르렁거리며 다가왔다. 놈들은 금방이라도 내게 달려들고 싶어 했지만, 은신처를 중심으로 형성되어 있는 불의 장벽에 막혀 돌진하지 못하고 있다.

<u>크르르르르!</u>

놈들은 은신처 주위를 뱅글뱅글 회전했다. 먹잇감을 살펴보는 것이다.

나는 그들의 움직임에도 아랑곳하지 않은 채 창을 들고 전방을 주시했다. 바로 겉으로는 태평한 척하고 속으로는 미친 듯이 두려움에 떠는 '허장성세'의 기술이다.

크앙!

한참을 돌던 야생 개 중 한 마리가 참지 못하고 달려들었다.

팟!

뒷발로 땅을 강하게 걷어차며 도약하는 개! 하지만 불의 장벽을 뛰어넘느라 개는 허공에 붕 떠 있게 되었고, 나는 본능적으로 이때를 노려 놈을 공격해야 함을 느꼈다.

"흐아!"

힘껏 기합을 내지르며 창을 찔렀다.

캥!

자세가 안정적이었는지 창은 곧장 개의 코를 찔렀고, 개는 외마디 비명과 함께 뒤로 펄쩍 물러났다. 하지만 창을 회수하는 그 짧은 찰나의 순간, 가만히 기회를 노리고 있던 나머지 한 마리가 힘차게 도약했다. 그놈은 울부짖지도 않았고 으르렁거리지도 않았다.

노련한 사냥꾼처럼 눈을 빛내며 내가 빈틈을 보일 때까지

기다리고 있던 것이다. 섬뜩한 기분에 등줄기를 타고 소름이 쫙 돋았다.

'막아야 한다.'

하지만 나는 회수하는 창을 그대로 회전시켜 공격을 막아 내는 기술, 그리고 그것을 구현해 낼 체력도 없었다. 그래서 팔을 들어 개의 공격을 막았다.

콱!

"으아아아아!"

개가 날카로운 이빨을 들이밀며 패딩을 콱 물었다. 나는 고 통에 몸부림치며 개를 떨쳐내려고 했으나, 개는 팔에 대롱대 롱 매달린 채 끝까지 턱을 벌리지 않았다.

크르르르! 컹!

그러자 뒤로 물러났던 다른 개마저 내게 달려들었다. 아까 는 경솔하게 달려들었지만, 야생에서 자란 개는 역시나 노련 했다. 목줄기를 노리며 도약하는 개! 개의 두 눈은 혈광(血光) 으로 번들거렸고, 곧 음미할 식사에 대한 기대감 때문인지 입 가는 침으로 얼룩져 있었다.

'개새끼가!'

나는 농락당하고 있었다. 마치 축구 경기에서 공격수들이 이대 일 패스로 수비수들을 모두 제치고 골을 넣는 것처럼 유 기적인 개들의 움직임에 속수무책으로 당하고 있었다. 오기가 치밀어 올랐다. 생각해 보니 화도 났다.

'내가 개한테 맞고 있다니!'

그 오기를 가득 담아 오른손에 쥐고 있던 창을 왼손으로 재빨리 쥐어 도약한 개를 후려쳤다.

빡ㅡ!

깨갱!

오기가 담겨서인지 공격은 예상외로 강력한 힘을 발휘했고, 개는 곧장 불속으로 나가떨어졌다. 그놈을 처리하자마자 나는 주머니에서 칼을 꺼내 오른팔을 물고 늘어진 놈의 눈을 사정없이 후벼 팠다. 오른팔에서 느껴지는 고통은 몸에서 화끈화끈 뿜어져 나오는 열기에 거의 느낄 수 없었다.

살아야겠다는 본능이 '광기'를 표출하고 있었다.

"죽어! 죽어! 죽어!"

살아 있는 생명체를 공격한다는 두려움도, 오른팔에서 느껴지는 고통도 더 이상 느껴지지 않았다. 오직 내게 보이는 것은 연약한 개의 눈이었으며, 칼을 쥔 왼손은 눈을 미친 듯이 찌를 뿐이었다.

깨갱!

순식간에 양쪽 눈을 실명한 개는 고통에 가득 찬 비명을 지르며 나가떨어졌다. 나는 개의 눈을 공격한 것에 만족하지 않았다. 유기적인 개들의 공격이 나를 화나게 만들었으며, 그 분노는 곧 정체 모를 광기로 화(化)했다.

광기(狂氣). 광기가 나를 지배했다.

군중심리에 휩싸인 시민들이 광인처럼 시위 진압대에게 달려드는 것과 같이 개와의 격전이 불러일으킨 긴장감과 고통이 내 이성을 잠식했다.

"죽어! 죽어! 죽어! 죽어!"

비틀거리는 개를 눕히고 칼로 사정없이 찔렀다. 내 공격은 약하고 강한 부위 할 것 없이 사정없이 개의 몸을 후벼 팠고, 개는 발톱을 휘두르며 저항했다. 강한 힘이 응축된 개의 앞발이 가슴팍을 후려치고 팔을 할퀴었지만 나는 두꺼운 패딩으로 온몸을 무장하고 있었다. 체중을 실어 개의 배를 무릎으로 꾹 눌렀다. 그리고 개의 연한 뱃가죽에 칼을 수직으로 찔러 넣었다.

깨갱!

개는 발악하듯이 몸을 떨며 저항했다. 나는 놈이 발톱으로 나를 할퀴든 말든 개의치 않으며 놈의 배를 찌르고 또 찔렀다.

그때,

컹!

불에 떨어져 불씨를 떨어내기 위해 한참 동안 바닥을 뒹굴던 다른 개가 동료를 구하기 위함인지 내게 달려들었다. 힘찬 도약, 그리고 공격. 움직임을 보았지만 피할 수 없었다.

콱!

"으아아아!"

개가 어깨를 콱 물자 뻐근한 통증이 등줄기를 타고 전해졌다. 나는 실명한 개를 후벼 파던 칼을 다시 오른손에 쥐고 어깨를 물고 늘어진 개의 머리에 꽂아 넣었다.

"죽어!!"

푹—!

깨갱—!

개가 살짝 피하는 바람에 내 공격은 개의 목덜미를 파고들었고, 운 좋게도 칼은 단숨에 정맥을 끊어놓았다. 핏줄에서 피가 분수처럼 쏟아져 나오자 단말마와 함께 개는 힘을 잃고 축 늘어졌다. 그 일격이 성공하자 심장이 쿵쾅거리며 순간적으로 희열을 느꼈다.

"개새끼야!"

나는 희열을 광기로 표출했다.

그리곤 개를 걷어차 불길 속으로 밀어 넣었다. 이곳저곳이 찔려 상당한 양의 피를 흘린 개는 고통에 몸부림치며 불에서 벗어나려고 했으나 나는 창을 높이 치켜든 후 개의 몸에 꽂아 넣었다.

푹—!

창은 강력한 힘을 응축한 채 개의 몸을 꿰뚫고 땅에 틀어박혔다. 간신히 생명을 유지하던 개는 결국 목덜미가 창에 꿰뚫린 채 몸을 축 늘어뜨렸다.

'……'

끝났다.

"허억, 허억, 허억, 허억!"

나는 칼을 꽉 움켜쥔 채 숨을 몰아쉬었다. 머리가 핑글핑글 돌았다. 어깨와 오른팔에서 느껴지는 통증에 미친 듯이 울고 싶었다. 속이 메스껍고 구역질이 올라왔다. 두려움에 눈가를 타고 눈물이 흘러내렸지만, 입가는 비틀린 채 미소를 짓고 있었다.

어쨌거나 나는 살아남은 것이다. 미친 척하고 공격한 덕분에 개들의 파상공격을 견뎌낼 수 있었다.

"허억, 허억……!"

거친 숨을 내뱉는다. 바닥에 털썩 주저앉았다. 나를 지금까지 지탱해 주던 알 수 없는 광기(狂氣)가 사그라지자, 다리에서 힘이 쭉 풀리며 온몸에서 통증이 느껴졌다. 나는 칼을 조심스럽게 옆에 놓고 패딩을 벗어 상처를 확인했다.

상처를 보자 입가가 절로 비틀리며 광기 어린 웃음이 흘러나왔다.

"큭큭큭큭……."

불쌍한 녀석들. 패딩은 오리털로 꽉꽉 채워져 있어서 두껍지만, 겉 부분은 얇아서 개의 이빨에 의해 쉽게 뚫릴 수 있었다. 그러나 그게 다가 아니다. 중요한 것은 내가 추위를 견뎌내기 위해 패딩 안에 단열재를 가득 채워 넣었다는 사실. 똘똘 뭉쳐 두꺼워진 종이부터 건조한 관목, 나무껍질 등 추위를 차단할 수 있는 것으로 패딩 안을 가득 채워 넣었다. 단열을 목적으로 넣었던 단열재들은 웃기게도 개의 날카로운 이빨을 막아주었다.

물론 살갗에 생채기가 생겨 피가 조금 흘러나온 정도였다. 기쁨과 슬픔, 절망과 희열이 복잡하게 섞인 감정이 목소리를 타고 흘러나왔다.

"엄마······."

위험에 처하면 본능적으로 부모님을 찾게 된다는 말이 있다. 그것은 태어났을 때부터 본능적으로 터득한 생존 본능이고, 오랜 세월에 걸쳐 희석되었던 그 본능은 위험한 상황에 처하자 강렬하게 되살아났다. 부모님이 보고 싶었다.

'······.'

하지만 감상에 젖기에는 지금 내가 처한 상황이 너무나 열악했다. 야생에서 자란 개의 이빨은 온갖 세균의 온상이다. 생채기가 났더라도 재빨리 소독하지 않으면 안 된다. 나는 가방에서 양주를 꺼내 상처에 부었다. 양주는 소독이 가능할 정도의 알코올 함유량을 가지고 있으니 이렇게 안 하는 것보다는 낫겠지. 상처를 소독한 후 셔츠를 길게 찢어 상처 부위를 동여맸다.

"……."

외로움, 좌절감,

온몸에서 느껴지는 통증,

오랜 야외 생활로 인한 피곤함, 무기력함…….

이계에서의 생활은 결코 녹록하지 않았다. 위험, 위험, 그리고 또 위험. 오직 하루하루가 위험의 연속일 뿐이다. 나는 양주를 한 모금 들이켜며 타닥타닥 타오르는 모닥불을 바라보았다.

나는 꾸벅꾸벅 졸며 지평선 너머로 떠오르는 태양을 바라보았다. 밤하늘을 수놓았던 요사스러운 보랏빛 행성의 빛이 사그라지고, 강렬한 붉은빛을 내뿜는 태고의 태양이 사방을 비춘다.

엉금엉금 기어서 은신처를 빠져나왔다. 은신처 앞 공터를 보니 사방에 재가 흩어져 있고 원 모양을 그리며 일대가 그슬려 있었다. 치열한 사투의 결과물이다.

'…졸려.'

어젯밤 개와 격전을 벌인 후 거의 한숨도 자지 못했다. 어깨와 오른팔에서 느껴지는 통증 때문에 잠이 오지 않을 뿐더러 뭘 잘못 먹었는지 계속해서 설사가 나왔기 때문이다.

스트레스성 장염인가?

내가 이곳에 와서 먹은 것은 물과 물고기뿐이다. 물고기는 잘 씻고 완전히 구워서 먹었으니 세균에 전염될 확률은 제로에 가깝다. 따라서 설사와 복통의 원인은 갑작스러운 환경 변화로 인한 스트레스 때문인 것 같았다.

"일단 뭐라도 먹어둬야지."

아침 식사는 굳이 밖을 돌아다니며 찾지 않아도 되었다. 어젯밤 불을 유지시키며 두 마리의 개를 완전히 구워놨기 때문이다. 개고기는 별미다. 맛이 좋을 것 같았다.

양도 많고, 에너지도 많고, 단백질도 많지.

칼로 가죽을 벗기는 것은 무리였기에 불에 그슬려 말라붙은 털을 대충 뜯어냈다. 가죽 옷을 만들고 싶었는데 정말 안타까웠다. 혹시나 하고 한번 시도해 보았으나, 불에 너무 그슬려서 가죽을 분리해도 쓸모가 없을 것 같았다. 어쨌든 장기는 어젯밤 개들의 배를 가른 후 빼내 태워 버렸기에 살점만 뜯어서 먹으면 되었다.

"쩝쩝, 이건 무슨 맛이지? 그래도 맛있다."

나는 칼로 개고기를 썰어내 가방 속에 잘 넣어두었다. 나중에 배가 고프면 유용하게 쓰이리라. 잘라낼 수 있을 만큼 최대한 잘라내 주머니에도 넣었다. 오랫동안 소지하고 있을 수는 없으므로 적어도 오늘 안에는 다 먹어야겠다.

"이동해야겠어."

아무튼 중요한 것은 이동해야 한다는 것. 하루라도 빨리 얼어붙은 강을 따라 내려가 문명을 찾아내야 한다. 나는 나무창을 지팡이 삼아 일어선 후 주변의 흙으로 재를 모두 덮었다. 그리고 바위에 걸터앉아 어깨와 오른팔에 묶은 셔츠 조각을 확인한 후 발걸음을 옮겼다.

어깨와 오른팔은 여전히 쑤셨다.

＊　　　＊　　　＊

"후욱, 후욱……."

잦은 설사로 탈수 증상이 나타났다.

아무래도 스트레스성 장염이 맞는 것 같군.

나는 가방에서 비상약을 꺼내 장염에 특효약인 정로환을 꺼내 먹었다. 정로환 특유의 냄새에 문득 집이 떠올라 가슴 한편이 쓰라렸다.

나는 힘없이 발걸음을 옮기며 주위를 둘러보았다. 다시 목표에 집중해야지. 부정적인 생각은 하지 말자.

얼마 가지 않아 눈으로 뒤덮인 강을 발견할 수 있었다. 밤

에 개와의 사투로 인해 머리가 혼란스러워서 잠시 길을 잃었
는데, 어제의 기억이 남아 있는지 금방 찾아낼 수 있었다. 이
강을 따라 밑으로 내려가면 문명을 발견할 수 있을 것이다.

이제 방향 생각 없이 걷기만 하면 되겠다.

강을 따라 걷기 시작한 지 약 네 시간 정도가 지났을 무렵,
나는 배고픔을 느꼈다. 복통도 사라지고 수분도 충분히 섭취
했기 때문에 내가 배고픔을 느끼는 것은 장이 원활하게 활동
하는 것을 증명해 주는 기쁜 소식이었다. 나는 챙겨두었던 개
고기를 꺼내서 입에 물었다. 진한 노린내가 입안 가득 풍겼
다.

질겅질겅—

이 세상에 떨어지고 나서 얻은 마음가짐이 있다면 바로 작
은 것에도 감사하며 살아가는 것이다. 나는 불을 피운 것에
감사하고, 생각보다 안락한 잠자리를 만든 것에 감사하며, 좋
은 단백질 공급원인 개고기를 얻은 것에 감사한다. 무엇보다
도 지금까지 살아 있다는 것에 감사한다.

끝까지 살아남아 지구로 돌아가고 말 거야.

내친김에 파이팅이나 한번 외치고 가야겠다.

"으랴아아아아!"

내 거친 함성이 숲 속 가득히 울려 퍼졌다. 그러자 알 수 없
는 새들의 지저귐이 멈추고 찌르르 울던 벌레 소리도 멈췄다.

마치 음소거를 한 것처럼 주변에서 들려오던 소리가 일시에 사그라진 것이다.

'뭐야, 무섭게?

나는 어깨를 잔뜩 움츠리며 주위를 둘러보았다. 괜히 소리 질러서 맹수의 심기를 건드렸으면 어떻게 하지? 그래서 새들과 벌레들이 모두 조용해진 것이 아닐까? 두려움과 긴장감에 심장이 쿵쾅거렸다.

'으으.'

그냥 입 다물고 열심히 걸어가야겠다.

*   *   *

몇 시간 후면 금방 어둑어둑해질 것이기에 나는 은신처를 짓고 불을 만들기 위해 부지런히 움직였다. 이 산은 바위가 많고 나무도 많아서 은신처를 만드는 데 어려움이 없었다.

나는 쓰러진 고목 중에서 쓸 만한 것을 하나 골라 어제와 같은 은신처를 만들기로 결정했다. 고목을 바위 위에 얹고 나뭇가지 위에 나뭇잎을 쌓아 지붕을 만드는 형식이다. 그리고 바닥에 떨어지지 않아 젖지 않은 건조한 덤불을 모았다. 덤불을 한곳에 잘 쌓은 후 라이터로 불을 일으켰다.

칙― 화르륵!

손쉽게 불을 일으킬 때마다 나는 라이터가 있다는 사실에 정말 감사했다. 라이터가 없었다면 상당히 난처한 상황이 연출되었을 것이다. 주운 돌을 부딪쳐 불씨를 일으킨다든지, 나뭇가지를 돌려 불을 일으키고 있겠지.

어느 정도 불길을 일으킨 후 나뭇가지를 올려놓고 얼어붙은 강가를 향해 발걸음을 옮겼다.

'……'

문득 몸이 무척 가렵다고 느껴졌다.

"안 씻은 지 얼마나 되었더라?"

아마 오늘로 4일째 씻지 못한 것 같다. 세수는커녕 이도 닦지 못했다. 말을 안 했을 뿐이지 실제로 온몸이 가려웠고, 머리도 잇몸도 가려웠다. 아니, 모든 신체 부위가 다 가려웠다. 아무래도 얼음을 깨고 간단하게 샤워를 해야 할 것 같았다.

팍— 팍— 팍—

나는 두 손으로 날카로운 바위를 쥐고 강의 얼음을 쪼갰다. 얕게 언 것 같으니 금방 쪼갤 수 있을 것이다. 과연 10분 정도 돌질을 하자 강가의 얼음이 빠지직 하고 쪼개졌다. 나는 쪼개진 얼음을 옆으로 치운 후 빈 물병을 기울여 물을 가득 담았다.

마시고 싶은 충동이 일었지만 내가 현재 있는 곳이 강의 상류가 아니기에 안심하고 마실 수 없었다. 만약 강의 상류에 동물의 시체가 있다면 이 강은 상류부터 하류까지 오염된 것이다. 따라서 함부로 마셔서는 안 된다. 또한 수차례의 설사 끝에 얻은 교훈이기도 했다.

"대신 씻을 수는 있지."

나는 패딩과 셔츠를 벗어 근처 나무에 걸었다. 그리고 물병을 머리 위로 들이부어 뼛속까지 얼려 버릴 것 같은 냉수마찰을 시도했다.

"끄아아아아!"

나는 제자리에서 방방 뛰며 찬물을 몸에 끼얹었다. 찬물이 몸에 닿자 차마 눈을 뜰 수 없을 정도로 강력한 냉기가 뼛속까지 스며들었다. 절로 손가락이 오그라드는 것을 보며 심각하게 씻는 것에 대해 고찰해 보았다.

안 씻어도 되지 않을까?

하지만 몸은 거부했지만 이성은 씻기를 강요했다. 씻으면 몸이 청결해질뿐더러 사기 진작에도 좋은 효과가 있다. 그렇게 물을 수차례 들이부어 머리와 얼굴, 목덜미, 상체를 대충 닦아낸 후 물이끼로 물기를 닦아냈다.

"어우, 춥다."

하체도 닦고 싶었지만 내일로 미뤄야 할 것 같다. 과연 내일 씻을지는 미지수이지만.

나는 연보랏빛으로 물든 하늘을 바라보았다. 곧 있으면 해가 완전히 저물 것이고, 요사스러운 보랏빛 행성이 빛을 발할 것이다. 나는 황급히 셔츠와 패딩을 착용하고 은신처로 달려갔다.

"추워!!"

빨리 불을 쬐지 않으면 얼어 죽을 것만 같다. 돌아가서 옷을 더 껴입어야지.

강을 따라 이틀을 내리 걸었다.

밤이 되기 전에 은신처를 만들고, 불을 피우고, 음식을 찾는 행위가 지겹도록 반복되었다. 이제는 서서히 몸과 마음이 지쳐가고 있었다. 아껴 먹었던 개고기가 동이 나고, 처음부터 얼마 있지 않았지만 즐겨 먹던 새콤달콤도 손에 잡히지 않자 새로운 동기부여의 필요성을 느꼈다.

사람이 없고, 적막한 산속에서 조난당하면 사람들은 쉽게 우울해진다. 이 넓은 공간에 혼자만 있다는 사실이 미치도록 괴로운 것이다. 하지만 나는 자신의 한계에 도전하고 새로운 도전을 해보는 것에서 재미를 찾아보기로 했다.

예를 들어서, 먹을 것을 찾는 행위다. 처음에 나는 나무 밑에서 자라는 버섯을 채취했다. 흙을 파고 뿌리에 묻은 이물질을 탈탈 털어내는 일련의 행동들에서 재미가 느껴질 정도로 나는 무료했다. 그렇게 재미를 느끼게 되자 보이는 족족 버섯을 채취했지만, 어느 날 저녁 버섯 귀퉁이를 조금 잘라 먹고 폭풍같이 설사를 한 후 버섯 채취를 취미 목록에서 제외했다.

이놈의 세상은 절대로 방심할 수가 없어.

나는 가방에 챙겨온 비상약을 먹으며 홀쭉하게 야윈 양 볼을 긁적였다. 얼마나 설사를 해댔는지 살이 5킬로그램 정도는 빠진 것 같다.

다음으로 생긴 취미 또한 마찬가지로 먹을 것을 찾는 행위였다. 하지만 이번에는 조금 달랐다. 지속적인 설사 때문에 나는 더 큰 허기를 느꼈고, 기어코 마의 영역에 손을 대기 시작했다.

"장수하늘소랑 비슷하게 생겼다."

나는 희번덕거리는 눈으로 내 손에 잡힌 곤충을 바라보았다. 골룸이 절대반지를 보는 시선이 이러할까. 메뚜기와 비슷한 몸체에 팔다리가 길고 머리통은 잠자리처럼 둥글고 작았다. 이곳은 이계였기에 어떤 곤충이 먹을 수 있고 먹을 수 없는지 알 수 없었지만 나는 급했다.

산속 산짐승들은 죄다 어디 숨었는지 통 보이지 않았고, 낚시도 매번 허탕을 쳤다. 나는 곤충들을 잡아먹으며 단백질을 보충해 나가야 했다. 생존 확률은 자신이 어디까지 갈 수 있느냐에 따라 달라진다. 즉, 갈 때까지 가면 더 오래 살아남을 수 있다는 것이다.

"이건… 어디부터 먹어야 하지?"

머리부터 먹을지, 꼬리부터 먹을지, 몸통부터 먹을지, 분명 맛은 역겨울 게 틀림없지만 단백질은 많을 것이다. 일단 크기부터 먹고 들어가니까. 마음 같아서는 구워먹고 싶었지만 라이터의 연료가 얼마 남지 않았기에 아껴 써야 했다.

우드득— 우드득—

결국 머리부터 몸통, 꼬리 부분을 차례대로 씹었다.

그때, 입술 부분이 따끔했다.

"으악!"

손가락으로 떼어 확인해 보니 씹히고도 살아남은 장수하늘소가 마지막 발악으로 입술을 깨물었던 것이다. 나는 가차 없이 떨어져 나온 장수하늘소의 머리를 던져 버리고 생명력을 잃은 몸체를 우걱우걱 씹어 넘겼다.

"크……."

곤충이 으레 그렇듯이 껍질과 썩은 내장만 씹힌다.

"우웨엑!"

구역질이 올라오며 먹은 것을 다 토해낼 뻔했지만 꾹 참았다. 이번에 토까지 한다면 내 몸안에 있는 모든 에너지 공급원이 몸 밖으로 빠져나갈 것이다. 이대로 가다간 살아남을 수 없어!

맛은 생각하지 말자. 맛은 생각하지 말자.

충분한 단백질을 몸에 공급했으니 된 거다. 나는 해낸 거야. 단백질을 섭취한 거야. 장수하늘소는 몸의 90%가 단백질로 이루어졌으니 굉장한 열량을 섭취한 거야. 나머지 10%가 뭔지는 잘 모르겠지만 아무튼 나는 다시 강을 따라 발걸음을 옮겼다.

"속이 니글거리는군."

이놈의 강은 어찌나 긴지 아무리 걷고 또 걸어도 끝이 보이지 않았다. 다만 약 두 시간 전부터 희망이 생기기 시작했는데, 바로 얼어붙어 있던 강물이 녹기 시작한 것이다.

이제 강물을 따라 쭉 걸어가 수목 한계선 아래로 내려가면 싱그러운 초록빛 들판을 만날 수 있을 것이다. 아무래도 얼어버릴 것 같은 산속보다는 싱그러운 들판에 문명이 있을 가능성이 높지 않을까.

나는 마음속으로 간절히 빌고 또 빌었다.

'제발… 문명을 만나게 해주세요!'

*　　　*　　　*

수목 한계선을 지나자 관목들이 우거지기 시작했고, 나는 길을 개척해야만 했다. 이놈의 관목들은 아마존을 방불케 하는 밀도를 자랑했는데, 빈 공간에 어깨를 밀어 넣고 체중을 실어 파고들어야 겨우 뚫고 들어갈 수 있었다.

나는 눈앞을 가로막는 관목을 발로 꾹꾹 밟으며 분통을 터뜨렸다.

"에잇!"

그때,

퍽─!

"으억!"

내가 밟아 넘어뜨렸던 관목이 휘청하고 일어나 내 안면을 강타했다. 어찌나 유연성이 좋은지 나와 부딪치고도 낭창거리며 흔들린다. 그 모습이 꼭 나를 약 올리는 듯했다.

"아오!"

그러나 내가 어찌할 수 있겠는가. 이놈의 나무를 뽑아 몸체를 토막 내주고 싶었지만 에너지가 아까웠다. 다만 욕이나 지껄일 뿐이다. 그렇게 한 시간여를 악전고투한 끝에 빽빽한 관목의 숲을 벗어날 수 있었고, 마침내 탁 트인 들판이 눈앞에 펼쳐졌다.

"이야!"

싱그러운 풀빛이 완연한 들판은 태고의 광활함을 품고 있었다. 사방팔방으로 시원스럽게 뻗어 나간 저지대, 그리고 그곳을 관통하며 졸졸 흐르는 시냇물. 나는 두근거리는 마음을 주체하지 못하며 시냇물을 따라 들판을 걸었다.

나는 흙과 이물질이 묻은 손을 깨끗하게 씻어내고, 땀으로 얼룩진 목덜미도 닦아냈다. 그리고 졸졸 흐르는 시냇물을 물통에 한 가득 담은 후 주위를 둘러보았다.

지금껏 눈밖에 보지 못했던 터라 여러 가지 색깔로 피어난 꽃과 푸른 초목은 내 눈을 어지럽혔다. 물론 좋은 쪽으로. 마치 어린아이가 수채화를 그려놓은 듯 한국에서는 쉽게 볼 수 없는 색깔의 꽃들이 자태를 뽐내며 드리워져 있었다.

단열재를 빼내자.

이제 따뜻해졌으니 단열재는 더 이상 필요하지 않았다. 나는 패딩 안을 꽉꽉 채워 넣었던 단열재들을 빼내고, 아직 건조한 것들은 가방 속에 꾹꾹 집어넣었다. 이 건조한 단열재들은 비가 올 때 훌륭한 불쏘시개가 될 수 있을 것이다.

패딩도 힘껏 눌러서 부피를 줄인 후 가방에 넣었다. 패딩을 넣자 가방이 불룩 솟아올랐다. 이렇게 부풀어 오른 가방은 워터 프루프(Water Proof), 즉 방수 재질로 만들어졌기에 유사시 급류에 내려갈 때 부력을 얻을 수 있을 것이다.

'엄마……'

나는 회상에 젖으며 방수 가방을 물끄러미 바라보았다.

언젠가 비가 폭풍처럼 몰아닥치던 날, 학원 끝나고 집에 돌아온 나는 비에 흠뻑 젖은 가방을 투덜거리며 헤어 드라이기로 말렸었다. 그런 내 모습을 물끄러미 지켜보시던 엄마는 다음날 내게 이 방수 가방을 사다 주셨다.

그때 당시 내 나이는 열여섯 살이었고, 아빠가 다니던 회사가 부도가 나 매우 힘든 시기를 겪고 있었다. 하루하루 벌어오는 부모님의 일당은 식비와 전기세, 집세를 간신히 낼 수준이었기에 나는 평소 누려오던 사치를 대부분 끊어야 했다.

그런데 엄마는 내 젖은 가방을 보고 마음이 편치 않으셨는지 소중한 월급을 쪼개 비싼 방수 가방을 사주신 것이다. 가방을 받았을 때 얼마나 서럽게 숨 죽여 울었던지 다음날 일어나자 눈이 팅팅 부었을 정도다.

그때 느꼈던 서러움, 죄스러움이 기폭제가 되어 나는 미친 듯이 공부했다. 조금이라도 부모님을 행복하게 해드리기 위해. 그래서 나는 중상위권에서 상위권으로 파고드는 기염을 토해냈고, 부모님은 내 고등학교 첫 성적표를 보며 함박웃음을 지으셨다.

'후우……'

부모님 생각을 하자 눈물이 찔끔 흘러나왔다. 나는 본능적으로 눈물을 손가락으로 찍어 마른 입술을 적셨다.

내 아까운 수분.

'엇!'

그때,

들판 너머로 목책 비슷한 목조물이 보였다.

목책이라니! 문명이라니!

나는 얼굴에 미소를 가득 띠운 채 목책을 향해 달려갔다. 숨이 턱턱 막혀왔지만 개의치 않고 달리고 또 달렸다. 이제 사람을 볼 수 있다는 그 생각 하나만으로 폐와 심장을 쥐어짜며 목책을 향해 달렸다. 문득, 의사소통을 어떻게 할지 막연한 불안감이 들었으나 세계의 공용어인 '바디 랭귀지'라면 될 것 같았다.

"혜에에이이이이이ー!"

나는 대략 5m 높이의 목책 아래 서서 소리쳤다. 일단 한국이 아닌 장소였기에 저도 모르게 영어가 튀어나왔지만 무슨 상관이랴. 하나 대답이 들려오지 않았다. 하다못해 웅성거리는 소리라든지 목책 위로 사람이 보여야 할 텐데 그 어떠한 움직임도 보이지 않았다.

"…젠장."

나는 그제야 목책이 위태롭게 서 있는 것을 발견했다. 들판 한가운데에서 폭풍을 맞았는지 아니면 공격을 받았는지 목책은 곳곳이 심하게 파괴되어 있었다. 무너진 틈새 사이로 몸을 집어넣으며 목책 안으로 들어가 보았다.

사각형 모양의 집터가 남아 있었으나, 그 집터 위로 세워져야 할 건축물이 보이지 않았다. 주춧돌로 세워져 있는 기둥을 손으로 쓸어보자 세월의 흔적이 묻어나왔다. 비와 바람에 심하게 손상되어 있는 기둥을 보건대 이곳은 매우 오래전에 버려진 곳임에 틀림없었다.

참담함과 절망감이 해일처럼 밀려왔지만, 기운을 북돋았다. 이곳에서 절망하기에는 내가 지금까지 겪어온 많은 일들이 무색했다.

나는 살아남기 위해 늑대 비슷한 짐승과 죽음의 사투를 벌였고, 각종 곤충을 씹어 먹었다. 그런 고생에 비하면 이런 암담함 정도는 양호한 편이다.

'뭔가 찾을 수 있을 거야. 생존에 도움이 되겠지.'

나는 희망을 가지고 목책 안을 샅샅이 뒤져보았다. 대부분이 집터만 유지한 채 허물어져 있었지만, 몇몇 곳은 앙상한 뼈대를 갖추고 있었다. 그리고 나는 그곳 중 한곳에서 굉장한 물건을 발견할 수 있었다.

그 물건을 들어 보이며 나는 함박웃음을 지었다. 생일 선물로 아이패드를 받은 기분이다. 몸이 하늘 위로 날아갈 듯이 기분 좋았다.

"컵이다."

매우 양호한 상태의 컵이 내 손에 쥐어졌다. 푸른빛을 띠는 광석으로 만들어진 것으로 손잡이까지 달려 있었다. 이제 이 컵에 물을 받아 끓여 먹으면 더 이상 복통과 설사에 시달리지 않아도 될 것이다.

그뿐이랴. 매일 아침마다 뜨거운 차를 마실 수 있고, 잡탕을 요리할 수도 있다. 물론 그 잡탕의 주재료는 유충과 거미 따위의 곤충들이겠지만.

또 다른 물건들도 얻었다. 내 몸무게를 버틸 만큼 튼튼하고 긴 끈.

그리고,

"쇠스랑! 쇠스랑이라니!"

나는 쇠스랑을 높이 치켜들었다. 그리고 마치 봉기하는 농민마냥 그것을 흔들어대며 포효했다.

"크헝헝헝!"

쇠스랑으로 할 수 있는 것은 무궁무진하다. 짐승들로부터 몸을 보호하기 수월해질 뿐더러 잠자리를 다듬을 때도 유용하다. 보호의 차원을 넘어 쇠스랑을 이용해 사냥도 할 수 있을 것이다. 이 날카로운 갈고리로 팍 찔러 버리면 용이라도 때려잡을 수 있을 것 같았다.

이 녀석, 너의 이름은 이제부터 드래곤 슬레이어다.

게다가 쇠스랑을 이루는 주요 부분인 갈퀴 부분을 보건대 철제 농기구다.

즉, 이 세계의 문명 수준이 최소한 청동기 시대를 벗어났다는 것. 만약 문자를 만들기 시작했다면 내게 더할 나위 없이 좋은 환경일 것이다. 최소한 우가우가 하거나 고함을 외치며 의사소통하지 않아도 된다는 뜻이니까.

쇠스랑, 끈, 컵. 나는 이 세 가지 물건을 성물 모시듯이 귀중히 다루었다. 컵의 손잡이를 끈으로 묶어 가방과 연결시켰다. 매듭을 꽉 조여서 떨어지지 않게 고정시킨 후, 그동안 정들었던 나무창을 냅다 던져 버렸다.

"창은 이제 필요 없지."

매우 만족스러웠다. 비록 문명을 만나진 못했지만, 이로써 이 험악한 환경에서 살아남을 확률이 매우 높아졌다. 적어도 알 수 없는 병에 걸리거나 커다란 짐승과 조우하지 않는 이상 이곳에서 반드시 살아남을 수 있을 것이다.

곤충들을 거침없이 씹어 먹는 담력과 근성을 길렀고, 머릿속에는 갖가지 생존 지식이 들어 있으며, 이제는 쇠스랑으로 무장했다. 그런 생각을 하는 것만으로도 대단히 사기가 올라갔다.

나는 쇠스랑을 가방에 꽂고 비스듬히 기울어져 있는 대들보를 엉금엉금 기어 올라갔다. 보다 멀리까지 보이는 시야를 얻기 위해서다.

대들보 위로 올라가서 밑을 내려다보자 아찔한 높이가 느껴졌으나 후들거리는 다리를 움켜쥐고 전방을 주시했다. 들판 너머로 또 다른 숲이 보였다.

숲.

또 숲.

질리는 숲.

혀를 차며 이마를 짚었다.

빌어먹을!

CHAPTER **03**
밀림으로 들어가다

　"아⋯⋯."

　나는 아가리를 벌린 채 엄청난 위압감을 뿜어내는 헬 게이트를 바라보았다.

　그 헬 게이트는 다름이 아닌 밀림이었다.

　밀림.

　어째서 이곳에 밀림이 존재할 수 있다는 말인가.

　고지대를 벗어나 좀 따뜻해졌나 싶더니 찜통 같은 더위의 대명사인 밀림이 나를 반기고 있다.

　고지대와 밀림. 두 극한 상황을 모두 겪어보게 될 줄이야.

'두 지대가 어떻게 고작 들판을 사이에 두고 공존할 수 있다는 말인가!'

분통이 터져 나오고 어이가 없었지만 고지대와 밀림은 그 자리를 굳건히 지키고 있었다.

마법 같은 신의 조화일까. 보랏빛 행성도 그렇고 이런 극악한 환경 조건도 그렇고. 지구와 극명한 차이를 보이는 특징을 두 가지나 보았지만, 그래도 다행스러운 점은 자연 생태계는 지구와 같다는 것이다.

만약 물이끼, 장수하늘소 같은 것들이 지구와 다르게 치명적인 독을 함유하고 있다거나 차이가 있었다면 여기까지 오지도 못했으리라.

"그래도 밀림이라니······."

덕분에 내 목숨은 심각한 위협을 받게 되었다. 고지대는 밀림에 비하면 오히려 편한 환경이다. 겨울철이라면 얘기가 다르겠지만, 밀림은 각종 전염병과 곤충들의 온상이기 때문이다.

밀림 속에서는 전문가라 할지라도 자신의 생존 기술을 극한까지 발휘해야 한다고 했다. 그런데 일반인인 내가 과연 밀림에서 살아남을 수 있을까? 비록 서바이벌 지식들을 가지고 있다 할지라도 과연 가능할까?

'절대, 절대 살아남을 수 없을 거야.'

하지만 나는 이 밀림을 뚫고 지나가야 한다. 도착한 들판에는 문명이 존재하지 않았고, 사방은 밀림으로 뒤덮여 있다.

밀림으로 가지 않는다면 다시 고지대로 올라가야 하는데, 산을 넘기 위해서는 아이젠과 피켈이 필수적으로 필요했다.

아이젠과 피켈 없이 얼어붙은 산꼭대기를 넘는다는 것은 불가능하다. 즉, 절대 불가능하다는 뜻. 따라서 내게 주어진 길은 오직 밀림을 뚫고 가는 것뿐이다.

나는 쇠스랑에 기대어 선 채 참담한 시선으로 밀림을 주시했다.

'희망을… 갖자.'

도저히 먹을 수 없을 것 같던 곤충도 먹은 나다. 머릿속에 파편처럼 흩어져 있는 밀림에서의 생존 지식을 되살린다면 밀림을 뚫고 지나갈 수 있을지도 모른다. 조용히 눈을 감고 상념에 잠겼다.

지금까지 봤던 책과 다큐멘터리의 장면들이 파노라마처럼 스쳐 지나갔다.

흥미진진하게 그것들을 본 나였기에 어렵지 않게 내용을 떠올릴 수 있었다.

"젠장!"

저 밀림 안의 생태계가 지금처럼 지구의 생태계와 같다면 좋으련만.

"후우!"

지금으로써는 그 희박한 확률을 믿어볼 수밖에.

방향을 결정했으면 목표를 세워야 한다. 목표는 작은 덩어리로 나눠서, 그 작은 목표를 달성할 때마다 성취감과 보람을 느낄 수 있어야 한다.

그로 인해 나는 움직임에 있어서 활력을 얻을 수 있을 것이고, 장기적으로 정신적인 면에 긍정적인 영향을 끼칠 것이다.

극한 상황에 처했을 때는 이런 작은 승리들이 아주 중요하다. 나는 은신처 세우기, 불 피우기, 오백 걸음 걷기 등의 작은 목표들을 세웠다. 이중에서 은신처 세우기와 불 피우기는 고지대에서 내 정신을 지탱하는 데 큰 도움을 줬다.

"흐압!"

호기롭게 기합을 내지른 후 나는 강줄기를 따라 밀림으로 들어갔다.

'답답하군.'

옷을 벗어 던지고 싶었지만 꾹 참고 암녹색 남방의 단추를 끝까지 채워 속살을 감췄다.

이로써 작은 곤충들의 공격을 조금이나마 견뎌낼 수 있을 것이다. 하지만 몸 안의 열기가 잘 빠져나가지 않아 더욱 습해졌다.

강가 주변은 식물군이 빽빽하게 자리 잡고 있어서 이동하기가 쉽지 않았다. 줄기가 젖어 매끄러운 관목들도 내 진로를 막았다.

이렇게 관목들에 의해 진로가 막힐 때는 쇠스랑을 앞으로 뻗어 길을 개척하는 방법이 있다.

한 일자로 쇠스랑을 뻗으면 앞쪽을 막고 있는 관목들을 눕힐 수 있다. 이렇게 하면 시야와 공간을 확보할 수 있을 뿐만 아니라 가시를 품고 있는 식물도 견제할 수 있다.

"푸우우!"

바람을 불어 입가로 달려드는 벌레를 쫓아냈다.

밀림은 정말이지 덥고 습하고 벌레가 우글거리는 사우나 같다.

찌르르— 찌르르—

쌔애애— 쌔애애—

끄아으— 끄아아아으—

게다가 미친 듯이 울어대는 벌레와 조류들. 불협화음도 이런 불협화음이 없다. 마치 삼류 오케스트라단의 연주를 확성기를 통해 코앞에서 듣는 기분이다.

"밀림을 불태워 버리고 싶다! 싹 다 불태워 버리고 싶어!"

우드득—

거치적거리는 덩굴들을 걷어차며 전진했다. 이십 여분을

빽빽한 관목들과 사투를 벌인 끝에 나는 비교적 덜 빽빽한 곳에 도달할 수 있었다.

태고의 생태계를 그대로 보존하고 있는 밀림의 내부는 온통 이끼와 나무로 뒤덮인 지옥이었다. 자연의 신비함보다는 절망적인 밀림의 경관이 숨통을 조여 온다.

게다가 알 수 없는 작은 생명체들이 꿈틀거리는 것이 느껴졌고, 발걸음을 딛는 족족 미끄러지기 일쑤였다. 따라서 밀림에서의 이동은 조심스러워야 한다.

무심코 잡아당긴 덩굴이 뱀일 수도 있고, 넘어가려던 줄기 밑에 잔뜩 성난 짐승이 웅크리고 있을 수도 있다. 재수가 없으면 미끄러진 순간, 낭떠러지로 굴러 떨어지거나 진흙을 뒤집어쓸 수도 있다.

나는 한 발자국 한 발자국 사방을 경계하며 발걸음을 옮겼다. 쇠스랑을 앞으로 뻗어 혹시 모를 짐승의 습격에 대비하고 숨은 최대한 죽였다.

"후우, 후우……."

덥다. 너무나 덥다. 찜통 같은 열기에 당장에라도 남방의 단추를 풀고 싶었지만, 사방에서 왱왱거리는 모기 때문에 그럴 수도 없었다.

단추를 풀고 속살을 드러내는 순간, 굶주린 모기들이 개떼처럼 달려들어 미친 듯이 피를 빨아 먹을 것이 자명했다.

'…어지럽다.'

나는 지끈거리는 이마를 짚으며 한숨을 내쉬었다.

관목이 워낙 빽빽한 밀림 속에서는 방향 감각을 잃기 쉽다. 숙련된 밀림 안내자들도 방향을 잃는 마당에 밀림 경험이 없는 나는 머리가 핑글핑글 돌 지경이다.

하지만 나는 그래도 어느 정도의 서바이벌 지식이 있으니 그거라도 믿고 가는 수밖에 없다. 책으로만 익힌 알맹이 없는 지식이긴 하지만 이거라도 있는 게 어딘가.

나는 책에서 읽었던 구절을 읊조렸다.

"이런 밀림에서 이동할 때는 방향 감각을 잃기 쉽다. 그때는 밀림의 관목들을 보려 하지 말고 그 너머의 공간을 봐야 한다. 그럼 지형이 보일 것이고, 밀림을 관통하는 강줄기를 찾는 데 도움을 받을 수 있지. 그래, 그래."

누가 듣는다면 미친놈 바라보듯 나를 보겠지만, 이렇게 혼자 주고받는 대화는 내게 큰 힘이 되었다. 가상의 상대라도 말을 주고받을 상대가 있다는 것은 적막하고 극악무도한 환경 속에서 생존할 수 있도록 정신을 지탱해 주었다.

가만히 앉아 관목 너머의 공간을 주시했다. 처음엔 이게 맞나 싶었지만, 계속해서 관찰하자 주변의 지형이 조금씩 다른 것을 알 수 있었다.

내가 찾는 것은 강줄기.

강줄기는 높은 곳에서 낮은 곳으로 흐르므로 내가 서 있는 곳보다 낮은 지대를 향해 이동하면 된다.

계획은 세웠으나 실천은 어려웠다. 낮은 지대로 움직이려고 하면 어김없이 빽빽한 관목이 내 앞을 가로막았다.

짜증이 치솟았다.

더 이상 못 참아!

왱왱거리는 모기떼에 관목까지 앞을 가로막는다. 목덜미를 타고 끈적끈적한 땀이 흘러내리고, 시끄러운 풀벌레 소리에 머리가 지끈거린다. 나는 짜증을 억누르며 쇠스랑을 힐끗 보았다.

늠름한 쇠스랑의 갈퀴를 바라보자 마음속에서 파괴 본능이 무럭무럭 솟아올랐다.

이런 밀림 따위, 내가 지나온 길을 파괴한다 한들 환경 파괴에 기여하지도 못할 것이다.

오히려 작은 산짐승들의 이동에 도움을 줄지도 모른다. 내가 생각해도 어이없는 발상이었지만, 길을 개척하기로 결심했다.

픽! 픽! 픽!

"으랴! 으랴! 으랴!"

쇠스랑으로 사정없이 땅을 갈아엎으며 전진했다.

덩굴이 갈퀴에 걸리면 가차없이 뽑아내 옆으로 던졌다. 흙먼지가 사방에 흩날리며 밀림은 처참한 속살이 드러내기 시작했다.

"핫챠! 하하하하!"

그 쾌감에 미친 듯이 웃으며 땅을 갈아엎고 있는데,

그때, 바로 앞에서 웬 거친 울음소리가 울려 퍼졌다.

끄어어어어엉―!

"으아아악!"

나는 쇠스랑을 마구 휘둘러대며 황급히 뒤로 물러났다. 지금 내 앞에 벌어진 현상은 나를 패닉상태로 몰아가기에 충분했다.

바로 나무가 움직이고 있었다.

"뭐야, 이건!"

이 움직이는 나무는 미끄러워 보이는 이끼가 줄기를 따라 몸까지 가득 자라고 있었다. 그리고 조금 두꺼워 보이는 가지가 있으면 그것을 중심으로 수십 개의 가는 줄기가 뱀처럼 꿈틀거리고 있었다. 몸체에는 눈처럼 움푹 파인 구멍이 두 개 있었고, 그 아래로 코는 없었으며 흉측한 이빨이 돋은 입만이 자리 잡고 있었다.

상상해 보라. 눈과 입이 달려 있으며, 줄기를 꿈틀거리는 나무가 자신을 노려보고 있는 상황을!

끄어어어엉―!

내가 뒤로 물러나자 이 흉측하고 무엇보다도 움직이는 나무가 다시 한 번 포효했다.

나무가 포효하자 내가 쇠스랑으로 뽑아낸 줄기들이 생명을 되찾은 양 꿈틀거렸다.

"이, 이런……."

그때, 흉성을 터뜨린 나무가 거대한 줄기를 나를 향해 휘둘렀다. 그 속도가 무척 빨라 반사적으로 날아오는 쪽을 향해 쇠스랑을 가져다 대는 순간, 줄기와 강하게 부딪쳤다.

퍽―!

"으아악!"

나는 몸이 붕 뜬 채 날려가 근처에 있는 그루터기에 처박혔다. 쇠스랑을 팔에 덧대어 공격을 분산시키지 않았다면 팔이 부러졌을 강력한 공격이었다.

"으으으……."

나는 세상이 핑글핑글 도는 것을 보며 머리를 세차게 흔들었다. 줄기에 한 대 맞고 나니 정신이 아찔했다.

"젠장!"

나는 몸을 뒤로 돌려 재빨리 달아났다. 저런 괴물 같은 나무를 상대로는 절대 이길 수 없다.

횃불이라도 들고 있었다면 불을 질러 버렸겠지만, 쇠스랑으로는 우위를 점할 수 없다.

게다가 이빨이 있는 것을 보아 육식을 하는 나무일지도 몰랐다.

이빨이 달린 나무라니! 육식하는 나무라니!

따라서 이때 내게 필요한 것은 스피드다. 스피드!

나는 미친 듯이 달렸다. 다행히 나무는 땅속에 뿌리를 깊게 박고 있는지 더 이상 나를 쫓아오지 않았다.

나는 힐끗 뒤를 보고 나무가 따라오지 않는 것을 확인한 후 근처 바위 위에 털썩 주저앉았다.

정글의 습기와 열에 더해 급격한 움직임으로 땀이 비처럼 쏟아졌다. 목덜미는 끈적끈적하고, 남방은 땀에 절어 축축하고, 사방에서는 모기가 달려든다.

'도대체 뭐야? 어떻게 나무가 움직일 수 있는 거야?'

짜증이 치솟는 가운데 머리가 핑글핑글 돈다.

'지금 당장 죽어도 하등 이상할 게 없다.'

상황이 너무나 열악했다.

줄기를 맞은 왼쪽 팔도 시큰거렸다. 저번에 늑대 비슷한 짐승에게 물렸던 곳이 아물지 않았다면 이번 공격은 나의 신체 밸런스에 큰 악영향을 끼쳤을 것이다.

'……?!'

그때, 소름 끼치는 느낌이 왼손에서 느껴졌다. 마치 무언가 손가락 위를 살살 걸어가는 듯한 느낌.

"흐, 흐아, 흐아악!"

나는 어깨를 부들부들 떨며 왼손에 자리 잡은 흉측한 생명체를 바라보았다.

다리와 몸체에 털이 수북이 난 거대한 독거미 타란튤라가 느릿느릿 내 손을 타고 올라오고 있었다.

타란튤라의 앞쪽에는 두 개의 거대한 앞니가 있는데, 자신이 공격당하고 있다고 생각하면 빠르게 물어버리는 무서운 거미다.

앞니 공격만으로도 무서운데, 그 앞니에는 치명적인 독까지 들어 있으니 타란튤라는 가히 난폭한 짐승에 비견되는 독거미라 할 수 있었다.

더듬거리는 타란튤라의 다리를 가만히 느끼고 있자 소름이 끼쳐 당장에라도 털어내고 싶었으나 갑작스러운 움직임은 타란튤라를 자극할 가능성이 높았다.

"우, 움직여라."

나는 천천히 손을 타고 올라오는 타란튤라 앞에 쇠스랑을 가져다 대 그쪽으로 옮겨 타도록 유도했다.

다행히 타란튤라는 쇠스랑으로 옮겨왔고, 타란튤라가 갈퀴 위로 올라타자마자 재빨리 휘둘러 멀리멀리 날려 버렸다.

"허억, 허억."

위험의 연속. 이곳은 도무지 안심할 수 없는 곳이다. 끝없이 주변을 경계하며 긴장감을 유지해야 한다.

나는 이마를 타고 흐르는 땀을 소매로 닦아낸 후 나무가 있는 곳을 우회해 낮은 지대로 이동했다.

'젠장.'

나무에 이은 독거미의 습격을 받자 움직임 하나하나가 더욱 예민해졌다.

잔뜩 긴장한 채 반경 3m 안의 생물체들을 경계했으며, 아까처럼 덩굴을 뽑아버리는 어리석은 행동은 하지 않았다.

그때였다.

쏴아아아아—!

귀를 쫑긋 세웠다. 물소리가 들려온다.

나는 물소리가 들려온 방향으로 걸음을 옮겼다. 반가운 마음에 당장에라도 뛰어가고 싶었지만, 나무와 독거미의 공격은 나를 긴장시키기에 충분했다.

거북이처럼 천천히 걸어가 마침내 물이 흐르는 곳에 도착하자 바위 사이로 세차게 흘러가는 시냇물이 보였다.

"물이다."

나는 시냇물로 조심스럽게 다가가 물속을 살펴보았다. 바위 사이로 언뜻언뜻 물고기가 보였으며, 무엇보다도 가재가 눈에 띄었다.

가재는 맑은 물에서만 사는 녀석으로, 가재가 사는 물은 곧

1급수를 뜻했다.

그래서 곧장 가방을 벗어 던지고 시냇물 속으로 날듯이 다이빙했다.

첨벙—!

"푸아아!"

두 손으로 물을 가득 담아 얼굴에 끼얹었다. 맑은 물이 얼굴을 타고 흘러내리는 땀을 닦아내자 상쾌한 기분이 몸 곳곳을 파고들었다.

내친김에 남방과 바지, 팬티까지 훌러덩 벗어 던졌다. 이곳에 온 이후로 전신 목욕을 한 적이 없기에 맑고 빠르게 흐르는 시냇물을 보자 씻고자 하는 욕구를 참을 수 없었다.

"푸우우우!"

입안에 가득 담은 물을 분수처럼 뿜어대며 모처럼의 상쾌한 순간을 만끽했다.

습하고 더운 정글에서 이렇게 맑고 빠르게 흐르는 시내를 만난다는 것은 사막 한가운데에서 오아시스를 만나는 것과 같았다.

이제야 살 것 같다.

나는 손으로 이곳저곳을 문질러 구석구석 씻었다. 정글같이 습하고 더운 곳에서는 땀을 많이 흘리기 때문에 제때 몸을 씻어줘야 했다. 씻지 않으면 몸에 쌓인 불순물을 통해 세균에 전염되거나 병에 걸릴 수도 있었다.

이렇게 상쾌한 목욕을 마치자 아까 느꼈던 짜증과 두려움이 봄눈 녹듯이 스르르 사라졌다.

씻는 것이 사기 진작을 가져온다는 말이 틀린 말이 아니었다. 나는 이 청명함을 온몸으로 느끼며 조용히 눈을 감았다.

'그나저나 아까 그 나무는 뭐지?'

혹시 쫓아왔을까 두려워 황급히 둘러보았으나 움직이는 나무는 보이지 않았다. 나는 다시 눈을 감았다.

'이 세상은 정상이 아니다. 나무가 살아 움직이질 않나, 극지방과 밀림이 한곳에 있질 않나, 보랏빛 행성이 떠있질 않나.'

정말 이곳은 소설을 통해서만 간접 체험할 수 있던 판타지 세상일까? 나는 그 흔한 판타지 소설 속 주인공처럼 차원 이동을 겪은 것일까?

아직은 모르겠다. 이곳을 벗어나 사람들을 만나고, 그 사람들과 대화를 할 수 있게 된다면 이곳이 어디인지 알 수 있겠지.

'일단은 살아남고 보자.'

다시 한 번 얼굴을 물속에 담고 그 시원한 느낌을 만끽하고 있는데, 독수리에 버금가는 나의 단백질 레이더에 한 생명체가 포착되었다.

바위 밑에 집게발을 삐죽 내밀고 있는 그 생명체! 다름이 아닌 가재였다.

'랍스타!'

나는 조심스럽게 물에서 빠져나와 쇠스랑을 쥐었다. 이 갈고리로 놈의 머리통을 콱 찍어버리면 난 오늘 저녁 랍스타를 먹을 수 있는 것이다.

가재는 지금까지 먹은 것과 달리 최상의 음식 재료다. 단백질도 더 많이 함유되어 있을 뿐더러 맛도 좋다는 뜻.

"반드시 잡고 만다."

나는 천천히 바위 밑으로 헤엄쳐 쇠스랑으로 가재를 겨냥했다. 가재는 아직 위험을 눈치채지 못했는지 한가롭게 그 수염을 휘휘 젓고 있었다.

가재의 집게발에 잡히면 손가락이 잘릴 수도 있다.

자, 긴장의 끈을 놓지 말고 표범처럼 기회를 노리자.

애송이 사냥꾼처럼 눈앞에 사냥감을 두고 흥분해서 사냥감을 쫓아버리는 우를 범하지 말아야 한다.

나는 천천히 쇠스랑을 뻗어 삐죽 튀어나온 가재의 머리 위에 올렸다.

'하나, 둘, 셋!'

속으로 셋을 헤아린 후 나는 번개처럼 쇠스랑을 휘둘러서 가재를 찍어 올렸다.

퍽—!

"으랴아아! 응?"

그런데 갈고리에 꽂혀 생의 마지막 순간을 헐떡거리며 발악하고 있어야 할 가재의 모습이 보이지 않았다.

"으아니!"

나는 다시 잠수하여 물속을 살펴보았다. 하지만 나의 헛스윙 때문에 흙먼지가 피어올라 물속이 잘 보이지 않았다.

"안 돼! 안 돼!"

나는 절규하며 미친 듯이 시냇물 속의 돌들을 들어 올렸다. 가재가 숨어 있을 만한 곳이라면 가차없이 들어 올려 물 밖으로 던져 버렸다.

"가재애!"

그때였다. 뿌연 흙먼지 사이로 빠르게 지나가는 생명체가 보였다.

길쭉한 몸체에 집게발! 분명히 가재였다. 가재는 이제 위험을 느꼈는지 빠른 속도로 하류를 향해 헤엄치고 있었다.

재빨리 거리를 재니 딱 쇠스랑이 닿을 만한 거리다. 나는 숨을 깊게 들이쉬고 잠수한 뒤 땅을 박차고 앞으로 달려나가 쇠스랑을 휘둘렀다. 그리고 손목에 강한 스냅을 주어 가재를 찍어 올렸다.

"으랴아아!"

느낌이 왔다! 널 잡았어!

팔딱팔딱—

나는 벅찬 눈길로 갈고리에 꽂혀 팔딱거리는 가재를 바라보았다.

느껴지는가, 이 생명력!

"으하하, 가재다!"

나는 주위로 불어오는 자연풍에 몸을 말리며 가재를 바위에 후려쳐 기절시켰다. 이 가재는 훌륭한 단백질 공급원이다. 기절시킨 가재를 가방 안에 소중히 집어넣었다.

하늘을 힐끗 보자 해가 저물기까지 시간이 얼마 남지 않았다. 남은 시간을 은신처 수색과 불 만들기에 투자하면 딱 맞춰서 해가 저물 것 같았다.

나는 시내를 따라 내려가며 이동했다.

터벅터벅.

발걸음을 옮기며 상념에 잠긴다. 망망대해같이 넓고 광활한 상념의 바다. 그 바다의 수면 위로 '생존 지식'이라는 기억들이 솟아오른다. 몇몇은 흐릿했지만, 비교적 최근에 보았던 다큐멘터리의 내용은 또렷하게 떠올랐다.

당장 정글 속에서 필요한 지식들을 걸러낸 후 나는 눈을 밝게 빛내며 주위를 둘러보았다.

정글에서의 은신처는 지면과 일정한 거리를 두고 세워야

한다. 왜냐하면 지면 위로 수많은 곤충과 짐승이 지나가기 때문인데, 그것들을 모두 막을 수는 없으므로 은신처를 위로 띄워야 하는 것이다.

뿐만 아니라 갑작스럽게 비가 쏟아져 내릴 때, 땅 위에 은신처를 지으면 은신처가 물에 잠길 가능성이 높았다. 따라서 은신처는 지면과 일정한 거리를 두고 세워야 한다.

"정글에서 은신처를 만들 때는 기둥으로 쓸 나무를 찾아야 하지."

나는 기둥으로 쓸 나무가 있는 은신처를 물색했다. 한참을 둘러본 끝에 내 마음에 쏙 드는 장소를 찾아낼 수 있었다.

기둥으로 쓸 나무가 있을 뿐만 아니라 주변에 덩굴이 자라고 있어서 그것을 끈으로 사용할 수 있었다.

나무 뒤로는 거대한 절벽이 있어서 뒤에서 습격당할 위험도 없었다.

내 몸을 중심으로 하는 360도의 경계 범위가 180도로 줄어든다는 것은 큰 차이가 있다. 적어도 잠잘 때 절벽을 등지고 잘 수 있다는 것.

혹시 나무가 움직인다면 그것만큼 난처한 경우도 없기에 쇠스랑으로 쿡쿡 찔러 확인하는 것도 잊지 않았다. 다행히도 아까처럼 움직이는 흉측한 나무는 없었다.

나는 쇠스랑을 나무에 비스듬히 세워둔 후, 침대를 만들 나뭇가지들을 찾아 걸음을 옮겼다.

'침대를 만들려면 일단 뼈대를 갖춰야 한다.'

뼈대로 쓸 두껍고 싱싱한 가지를 찾는 것은 어렵지 않았다. 이곳은 나무가 곳곳에 널려 있는 정글이었기에.

제법 쓸 만한 나뭇가지 세 개를 꺾어내 기둥으로 쓸 나무 옆으로 자란 나뭇가지 위에 얹혔다. 삼각형 모양으로 나뭇가지를 얹은 후 근처에서 자라고 있는 덩굴을 뽑아 기둥과 단단하게 묶었다. 한 번만 묶기에는 영 시원치 않아서 세 번 묶자 어느 정도 안심이 되었다.

'이 정도면 잘 고정되었겠지?'

이제 침대 안을 채우면 된다. 플랫폼, 즉 내가 누울 자리에 채워 넣을 나뭇가지를 찾을 때는 어느 정도 기준이 필요했다.

되도록이면 옹이가 적은 나뭇가지를 골라야 한다. 만약 나뭇가지에 옹이가 많으면 잠잘 때 등이 욱신거려 잠들지 못할 것이다.

한 10여 분을 투자한 끝에 나는 옹이가 적은 나뭇가지들을 모을 수 있었다. 그 나뭇가지에 자라고 있는 곁가지를 모두 뜯어낸 후 뼈대 안으로 채워 넣자 그럴싸한 모양새가 나왔다.

덩굴로 그 나뭇가지들을 모두 묶자 마침내 침대가 만들어 졌다. 하지만 완성된 것은 아니다. 나뭇가지 위에 푹신한 것들을 깔아야 한다. 에이스 침대 정도는 아니더라도 푹신한 침대를 만들고 싶었다.

"저게 적당하군."

나는 둥글고 커다란 잎사귀가 달려 있는 나무를 바라보았다. 무슨 나무인지 이름이 기억나진 않았지만, 저 잎사귀를 이용해 매트리스를 만들고 지붕을 만들면 될 것 같았다.

뚜드득— 뚜드득—

잎사귀가 잔뜩 달려 있는 나뭇가지를 꺾어내 침대 위에 얹혔다. 이렇게 잎사귀를 얹을 때에는 한 방향으로 얹는 것이 좋다. 방향을 제각기 달리 해서 얹으면 충분히 푹신거리지 않고, 불규칙적으로 배열된 잎사귀에 살갗이 찔릴 수도 있기 때문이다. 잎사귀를 얹어 침대를 완성시킨 후 침대 위로 지붕도 만들었다.

지붕을 만드는 것은 어렵지 않았다. 뼈대로 걸친 나뭇가지 위로 자라 있는 몇 개의 나뭇가지를 살살 휘게 만들어 묶어버리면 지붕이 완성된다. 지붕의 뼈대로 쓸 가지를 몇 개 묶은 후 그 위를 잎사귀로 덮었다. 잎사귀는 혹시 모를 비와 바람을 막는 데 제 역할을 할 것이다.

"은신처 완성!"

고지대에서 만들 때보다 비교적 시간이 많이 걸렸지만, 그만큼 더 뿌듯했다. 이제 불을 피워야 한다.

나는 가방 속에 잘 보관해 두었던 건조한 불쏘시개들을 한데 모아 불을 일으켰다.

아직 라이터의 연료가 충분하게 남아 있군. 그래도 혹시 모르니 아껴서 써야지.

황급히 불속으로 충분한 연료를 넣은 후 가방에 넣어두었던 가재를 꺼내 목책에서 주운 컵 안에 집어넣었다. 그리고 임시로 만든 횃불과 불쏘시개와 함께 컵을 들고 후다닥 강가를 향해 달려갔다.

"가재를 먹자!"

물을 얻으러 가야 하기도 했지만, 음식을 조리할 때는 은신처에서 멀리 떨어진 곳에서 조리하는 것이 신상에 이롭다.

그 이유는 바로 이곳 미지의 정글에 후각이 발달한 동물이 있을 가능성이 높기 때문이다. 물론 굽든 튀기든 끓이든 어떤 동물이든지 음식 냄새를 맡을 수 있을 것이다. 언제까지나 최대한 안전하게 행동해야 한다.

나는 냇가에 널브러져 있는 널찍한 바위에 주저앉아 소형 캠프파이어를 만들었다. 가지고 온 횃불 위로 불쏘시개를 얹어 불의 세기를 높이면 요리 준비 완료다.

"흐음……."

컵에 냇가의 물을 받은 후 불 위에 올려놓았다.

시간이 좀 흐르자 물에서 기포가 일며 끓기 시작했고, 근처에 있던 나뭇가지를 이용해 이물질을 긁어냈다. 긁어낸 이물질이 수면 위로 둥둥 뜨자 그것을 걸러내고 다시 컵 안을 꼼꼼하게 긁어냈다.

이 정도면 혹시 모를 세균도 박멸되었겠지.

팔팔 끓어오르는 물을 보며 고개를 끄덕였다.

근처에서 물이끼를 주워와 컵의 손잡이를 잡고, 안의 내용물을 바닥에 버렸다. 바닥에 쏟아진 물에서 뜨거운 열기가 모락모락 피어오른다.

이제 먹어볼까.

나는 다시 냇가의 물을 받아 불 위에 올려놓았다. 이제는 세균 걱정 없이 맑고 깨끗한 물을 마실 수 있다.

물이 끓는 동안 가재의 다리를 뜯어내고, 먹지 않는 머리를 칼로 잘라 분리했다. 막 머리를 던져 버리려고 하는데 어느 지역에서는 가재 머리가 별미라는 말이 떠올랐다.

껍질과 썩은 내장 맛이 느껴지는 장수하늘소, 텁텁하고 쓰기까지 한 짐승 고기. 지금까지 음식 아닌 음식들로 위를 채워왔기에 곧 있을 가재 요리 시식은 내 가슴을 부풀어 오르게 만들었다.

나는 근처에 있는 나뭇가지의 끝부분을 뾰족하게 깎아 가재를 꽂아 넣었다. 그리고 지지대를 세워 그 위에 나뭇가지를 얹어놓고 가재가 불에 잘 익도록 위치를 잡았다.

"맛있겠다."

가재가 익는 동안 나는 컵을 빼내 잠시 동안 물을 식혔다. 뜨거운 것을 잘 못 먹어서 컵이 식을 때까지 기다린 나는 마침내 이곳에 온 이후로 처음 맑고 깨끗한 물을 마실 수 있었다.

입맛을 쩝쩝 다시며 나는 허브가 있으면 좋겠다는 생각을 했다. 나중에 시간이 나면 허브를 찾아봐야겠다. 있을지는 모르겠지만.

"다 익었으려나."

나는 나뭇가지를 살살 돌리며 가재가 골고루 익도록 세심하게 신경을 썼다. 두툼한 꼬리 부분의 살이 하얗게 올라온 것을 보니 먹어도 될 것 같았다.

흐르는 물에 칼을 깨끗하게 닦아내고 하얀 속살을 조심스럽게 잘라냈다.

"아……!"

이것이 음식 맛이다. 나는 말 그대로 황홀함을 느끼며 몸을 부르르 떨었다. 곤충과는 거의 내핵과 성층권만큼 차이가 날 정도로 맛이 좋았다.

꼬리를 한번 맛본 나는 이제 어떤 지역의 별미라는 머리를 먹어보기로 했다. 칼로 속을 조금 잘라 입에 넣었다.

혀로 살살 굴리면서 맛을 음미해 보는데,

"억!"

단백질인 만큼 삼키긴 했지만 맛은 없었다. 누가 별미라고 선정했는지 곰곰이 생각해 보건대 그 지역 토착민일 것이 분명했다.

"콧물 같다."

＊　　　＊　　　＊

나는 힘겹게 눈을 뜨며 일어났다.

어젯밤에 모기와 사투를 벌이느라 제대로 숙면을 취하지 못했다. 아무리 연기를 많이 일으킨다 한들 피에 잔뜩 굶주린 모기들은 시도 때도 없이 달려들었다. 그래서 나중에는 어쩔 수 없이 몸을 최대한 웅크린 채 패딩을 뒤집어써 모기들의 육탄공세를 피해냈다.

덕분에 모기는 피했으나 문제는 패딩이었다. 패딩을 입으면 미친 듯이 답답하고 더웠기에 잠은커녕 제대로 숨을 쉴 수조차 없었다.

'젠장.'

이런 지옥 같은 밤을 보내고 바야흐로 아침 해가 떠올랐다.

나는 한 손에 쇠스랑을 든 채 땀에 절은 몸을 이끌며 냇가로 걸어갔다. 온몸에 끈적끈적하게 달라붙은 땀을 당장 씻어내지 않으면 두드러기가 솟아날 것만 같았다.

그렇게 피곤에 찌들어 흐느적흐느적 걸어가고 있는데, 순간 온몸의 털이란 털이 모두 곤두서며 소름이 돋았다.

내가 어제 불을 피웠던 자리에 거대한 짐승의 발자국이 진하게 찍혀 있었다.

"어헉!"

너무 놀라 말도 제대로 나오지 않았다. 뇌는 세차게 경종을 울렸지만 사지는 뻣뻣하게 굳어만 갔다. 코는 가쁜 숨을 몰아쉬었으며 손가락 끝은 부들부들 떨렸다.

"오줌 지릴 뻔했다."

두려움에 온몸이 사시나무 떨 듯 세차게 떨렸다. 위험하다. 굉장히 위험하다. 발자국의 크기를 보건대 곰과 쌍벽을 이루는 체구의 짐승인 것 같았다.

나중에 씻어야겠군.

나는 바로 은신처로 달려가 불 피운 흔적을 지우고 떠날 준비를 끝마쳤다. 심장이 쿵쾅거리며 박동하고, 팔에 돋아난 소름이 아직까지 가시지 않았다.

"빨리 움직여야 한다."

원래의 계획대로라면 냇가를 따라 하류로 이동해야 하겠지만, 알 수 없는 짐승에게 행적을 들킨 이상 그럴 수 없었다.

놈이 만약 상류에서 이어진 내 자취를 따라온 것이라면 대책이 없는 것이다. 그때는 재빨리 놈과의 거리를 넓히거나 다른 경로로 이동하는 방법밖에 없었다.

나는 쇠스랑을 바닥에 꽂고 양쪽 운동화의 끈을 서로 묶었다.

이렇게 끈을 묶는 이유는 바로 수월하게 나무를 타기 위해서다.

"나무 위로 올라가면 어디로 가야 할지 알 수 있겠지."

근방에 자라는 나무 중에 가지가 많고 곧고 높게 자란 나무를 선정했다. 이제 이 나무를 타고 올라가 이동할 경로를 결정할 것이다.

나무 타기는 어렸을 때 많이 해봤다. 워낙 천방지축이었던지라 간이 부어 높은 곳에 올라가는 행위도 서슴지 않았기 때문이다.

물론 그 대가로 한두 번 떨어져 병원에 가기도 했지만.

"흐압!"

나무를 잡고 서로 묶인 운동화 끈을 이용해 천천히 올라갔다. 껍질에 쓸리는 다리가 아파오고 팔이 욱신거렸지만 천천히, 그리고 안정적인 자세로 나무를 탔다.

본격적으로 튼튼한 가지가 자라기 시작한 부분에서는 더이상 끈이 필요 없기에 매듭을 풀고 가지를 밟고 위로 올라갔다.

높이 올라오자 다리가 절로 후들거리며 두려움이 가슴 한

편에서 솟아올라 왔지만, 이를 악물고 위로 올라갔다.

여기서 떨어지면 그야말로 개죽음이다.

이계로 왔는데 낙사함.

이것만큼 허망한 결말이 있을 수 있겠는가.

그런 생각을 하자 용기가 생겼다. 그 용기는 내가 튼튼한 가지를 딛는 데 도움을 줬고, 무사히 나무 꼭대기까지 올라갈 수 있었다.

"후아!"

나무 꼭대기에서 바라본 밀림의 모습은 장관이었다. 태고의 모습을 그대로 보존하고 있는 밀림의 아름다움이란! 하지만 그와 동시에 절망적이었다.

어딜 봐도 밀림이다. 평원이라고는 내가 지나쳐 온 곳밖에 보이지 않았다.

설마 밀림밖에 없는 건 아니겠지?

문득 의문이 떠올랐지만, 고개를 설레설레 저으며 마음속에서 털어냈다. 만약 밀림뿐이라면 평원에 살던 사람들이 어디로 갔겠는가.

어라, 잠시만.

그곳에서 몰살당했을 수도 있다.

만약 무시무시한 짐승의 습격에 사람들 모두 그곳에 뼈를 묻은 것이라면?

젠장!

고개를 세차게 저었다. 절망적인 생각은 앞으로의 행보에 악영향을 끼칠 것이다.

긍정적인 마인드, 진취적인 자세. 정글에서 빠져나가는 데에는 이 두 가지가 반드시 필요하다.

나는 혼잡해진 정신을 가다듬고 주변을 둘러보았다.

내가 찾는 것은 바로 지하 석회동굴이다. 정글에는 수천 미터에 이르는 지하 석회동굴이 많이 있는데, 울창한 밀림을 뚫고 가는 것보다는 이런 동굴을 이용하는 게 나았다.

왜냐하면 그 동굴 중에는 산을 관통하는 동굴이 많기 때문이다. 동굴이 산을 관통한다면 동굴을 관통하는 강이 있을 것이고, 그 강을 따라 이동하면 쉽게 정글에서 벗어날 수 있을 것이다.

흔히 이런 동굴들은 깎아 지르는 절벽에 나 있으므로 절벽을 찾는 것이 지금 내게 주어진 과제라 할 수 있겠다.

"오, 마침 저기 있군!"

그때, 이곳에서 가까운 거리에 절벽이 보였다. 지형이 급격히 낮아졌다가 다시 높아지는 부근이 있으면 그곳이 절벽일 가능성이 높았다. 동굴이 없더라도 절벽 사이로 급류가 흐른다는 뜻이기에 나는 그쪽으로 가기로 결정했다.

어쩌면 스릴 넘치는 급류 타기를 할 수도 있겠군.

물론 목숨을 담보로 걸어야겠지만.

눈앞을 가로막는 빽빽한 덤불들을 넘어뜨리며 이동했다. 쇠스랑으로 일대를 갈아엎어 버리고 싶었지만 어제 마주쳤던 움직이는 나무의 존재를 상기하고 진정했다.

이쪽이 맞는지 모르겠군.

밀림의 지형은 워낙 그곳이 그곳 같아서 방향을 잡기가 쉽지 않았다. 하지만 지표로 삼은 거대한 바위들이 몇 개 있어서 혼동되더라도 어렵지 않게 방향을 짐작할 수 있었다.

덥고 짜증난다.

밀림의 습기와 모기떼의 공격은 절대 익숙해지지 못할 것 같다. 그래서 더위를 좀 가시게 하기 위해 손으로 부채질하며 잠깐 쉬기로 했다.

그때,

"헛!"

나는 민첩하게 몸을 낮게 숙이며 전방을 주시했다. 빌어먹을 움직이는 나무가 정글 속을 배회하고 있었다.

사방으로 꿈틀거리는 덩굴과 이끼가 가득 솟아난 껍질, 흉측하게 도드라진 이빨과 무저갱처럼 시꺼먼 눈. 꿈속에서 나올까 두려울 정도로 험악한 외모를 가지고 있다.

나무는 코와 귀가 없었지. 그러니 조심스럽게 이동하면 되겠다.

나는 고양이처럼 살금살금 발걸음을 옮기며 배회하는 나무를 우회해 이동했다.

나뭇가지를 밟아 부러뜨리지도 않았고, 근처의 관목들도 최대한 건드리지 않았다.

내가 봐도 훌륭할 정도로 은밀한 움직임이었기에 입가를 타고 스르르 미소가 번졌다.

"흐흐."

그때,

핵.

순간 나무가 고개를 돌리며 내가 있는 곳을 쳐다보았다. 그러더니 입을 크게 벌리며 포효했다.

끄어어어엉ㅡ!!

"어째서!"

나는 미친 듯이 발을 움직여 달아났다. 도대체 어째서 들킨 것일까. 코가 없으니 냄새를 맡지 못했을 것이고, 귀가 없으니 듣지도 못했을 텐데 도대체 어떻게 알아차린 것일까!

쑤욱ㅡ

"으악!"

그 의문은 금방 풀렸다. 눈앞에 솟아난 한줄기의 뿌리!

바로 나무의 비정상적으로 길게 자란 뿌리 때문이었다. 아마 놈의 사냥 방식이 뿌리를 사방에 퍼뜨려 진동을 감지한 후 사냥감을 공격하는 것 같았다.

그때, 내 앞에서 솟아오른 뿌리의 줄기가 가슴을 사납게 후려쳤다. 피하기에는 무척 빠른 속도였다.

짜악—

짝 달라붙는 소리와 함께 가슴에서 살점이 떨어져 나갈 것만 같은 고통이 느껴졌다.

"크아아악!"

나는 고통을 참지 못하고 비명 지르며 데굴데굴 굴렀다. 갈비뼈에 잘못 맞았는지 숨 쉬기가 힘들었다. 폐를 찌르는 듯한 고통은 느껴지지 않았으므로 부러진 것 같지는 않았다. 그 사실에 안도하며 고통을 참고 일어나려고 했으나 다리가 후들후들 떨려 결국 주저앉고 말았다.

안 돼! 여기서 멈춰서는 안 된다.

손가락으로 흙을 한 웅큼 세게 쥐었다. 나는 떨리는 시선으로 그 흙을 내려다보았다. 손가락 사이로 흙이 부서져 내리는 모습이 꼭 나 같았다.

살아남기 위해 발악하고 있지만 도저히 어찌할 수 없는 적을 만나 산산조각 나는 나약한 존재.

아냐. 정신 차리자.

"일어나. 일어나자. 윽!"

나는 계속해서 경련하는 다리를 움켜잡으며 한 걸음 앞으로 나아갔다. 그리고 다시 또 한 걸음 나아가려고 할 때 나는 결국 앞으로 고꾸라졌다. 이제는 다리뿐만 아니라 팔도 경련을 일으키고 있었다.

'왜 하필 지금 쥐가 나는 거야!'

움직이는 나무에 대한 두려움과 가슴에서 느껴지는 지독한 고통이 기폭제가 된 것 같았다. 지금까지 누적되어 온 긴장과 피로가 한 번에 폭발한 것이리라.

쿵쿵—

나무가 다가올 때마다 어깨가 흠칫흠칫 떨렸다. 아랫도리에서 뜨거운 것이 느껴지는 게 오줌을 지린 것 같았다.

두려움. 야생 개와 조우했을 때와는 차원이 다른 원초적인 두려움이 하나의 밧줄이 되어 내 심장을 옭아매었다. 그 밧줄은 내게 영원한 고통을 주려는 듯 서서히 심장을 조여 왔다.

"컥, 크흐……."

숨이 턱턱 막혀왔다. 눈물이 주르륵 흘러내리고 팔과 다리는 끊임없이 경련을 일으켰다. 급기야 팔에 의지해 상체를 세우고 있던 나는 시체처럼 땅에 드러눕고 말았다. 팔에 힘을 줄 때마다 가슴이 아파왔다.

"읍!"

얼굴이 흙속에 파묻혔다. 코끝에서 느껴지는 흙냄새, 그리

고 아릿한 피 냄새. 떨리는 손으로 흘러나오는 코피를 닦으며
고개를 들었다. 흐릿한 시야 사이로 쿵쿵 거리며 다가오는 나
무가 보였다.

끄어어어엉—!

녀석은 승리의 고함을 내지르며 입가를 씨익 말아 올렸다.
소름 끼치는 미소였다.

휘리릭—

나무의 본체에서 튀어나온 덩굴이 내 목을 감아올렸다.

"컥!"

목을 죄어오는 압박감과 공포감에 질려 나는 몸을 부르르
떨었다. 성대를 타고 흘러나오는 목소리라고는 짧은 외마디
뿐.

"끄으으으—"

나무가 소름 끼치는 목소리로 울부짖는다. 철판을 갈고리
로 긁어대는 듯한 울부짖음에 소름이 쫙 돋아난다.

나는 시시각각 다가오는 나무의 흉측한 이빨을 보며 눈을
질끈 감았다. 곧 상어의 톱니 날만큼 날카로워 보이는 저 이
빨에 썰리겠지.

"끄어으엉—"

그때, 나무가 코앞까지 가져다 대었던 덩굴을 휙 휘두르더
니 나를 머리 위에 올렸다. 나는 퍽 하고 부딪치며 어지럽게

얽힌 나뭇가지 위로 빨랫감처럼 늘어졌다.

'헉!'

놀란 가운데 안도감이 느껴졌다. 나는 방금 전의 충격으로 찌릿찌릿한 팔을 움켜잡고 놈의 동태를 살펴보았다. 놈은 아직 배가 고프지 않은 모양이다.

죽음의 문턱까지 발을 들여놓았다가 가까스로 빠져나왔다. 그 긴장감이 주는 희열, 두려움의 복합적인 감정에 안면 근육이 푸들푸들 떨렸다. 아직까지 떨리는 손으로 눈가를 타고 흐르는 눈물을 닦았다. 그리고 두려움에 잠식되어 있던 이성을 흔들어 깨웠다. 호랑이 굴에 잡혀가도 정신만 차리면 살아남을 수 있다고 했다.

살아남을 수 있다!

고개를 세차게 저으며 두려움과 같은 감정을 털어냈다. 그리고 너덜너덜해진 심장에 희망을 불어넣었다. 주변을 둘러보고, 사태를 파악했다. 감성보다는 이성에 의존했다.

지금까지 나무가 잡아온 짐승들은 한번 나뭇가지 위에 올려놓으면 빠져나올 생각을 못했던 모양이다. 아마 대부분 사족보행하는 짐승들이어서 그랬을 것이다. 그런 짐승들의 행동은 나무로 하여금 먹잇감을 자신의 머리 위에 올려놓으면 도망가지 못한다는 생각에 이르게 했을 것이다.

멍청한 놈.

나는 가슴에서 느껴지는 고통에 이를 악물며 가방의 지퍼를 열어 목책 안에서 구했던 끈을 꺼냈다. 이 끈은 썩지 않은 두꺼운 끈이기에 내 몸무게를 충분히 버틸 수 있을 것이다.

쿵—! 쿵—!

나무가 걸음을 옮길 때마다 지축이 흔들린다.

나는 흔들리는 나무 위에서 끈으로 여러 개의 고리를 만들었다. 끈의 길이가 얼마 되지 않아서 총 여섯 개의 고리밖에 만들지 못했지만, 고리의 폭은 어딘가에 충분히 걸 수 있을 만큼 컸다.

'살아남기 위해서는… 도박을 해야 한다.'

튼튼한 가지를 밟으며 머리의 끝부분까지 이동했다. 가만히 살펴보다가 뛰어내릴 만큼 높은 곳이 있으면 그곳을 향해 고리를 던져 매달려야 한다. 하나, 절망적이게도 이 육식 나무보다 높은 나무는 없었다. 정말이지 이 나무는 까마득하게 키가 컸던 것이다.

아아, 어떻게 하지.

허무한 시선으로 고리를 내려다보았다. 다른 계획을 구상해야 할까. 암담한 시선으로 주변을 둘러보았다.

그때였다.

저게 뭐지?

나무줄기가 심하게 엉킨 곳에 축적되어 있는 토양, 그리고 그 토양을 발판 삼아 뿌리 내린 몇몇 식물이 보였다. 이곳은 나무의 머리 부분이니 사람으로 치자면 비듬이라고 보면 되었다.

나무의 비듬!

나는 엉금엉금 기어서 그 식물을 관찰해 보았다.

날렵하게 뻗은 초록색의 두툼한 잎사귀. 잎사귀의 옆면에 형성되어 있는 자잘한 톱니. 만약 이곳과 지구의 생태계가 같다면 이 식물은 바로 알로에였다.

알로에라니! 비듬이 알로에라니!

나는 쇠스랑으로 알로에를 뿌리째 뽑아 가방 속에 쑤셔 넣었다. 활용 방법이 다양하기 그지없는 이 알로에는 앞으로 나를 도와줄 것이 분명했다.

의외의 소득이군.

꿈에서도 생각하지 못했다. 물론 나무에게 잡힌 것도 포함해서.

그때, 나무가 갑자기 몸체를 기울이더니 크게 울부짖었다.

끄어어엉—!

나는 화들짝 놀라 아래를 살펴보았다.

나무는 나를 사냥한 것에 모자라 또 다른 먹잇감을 사냥하고 있었다. 늑대 비슷한 짐승 외에 본 동물은 처음이어서 나는 눈을 가늘게 뜨고 동물을 자세히 관찰했다. 사슴처럼 날렵한 몸매에 네 개의 가늘고 긴 다리를 가지고 있었다. 이것만 보면 사슴 같았지만 머리는 양을 닮았고 양처럼 복슬복슬한 털을 가지고 있었다.

뭐야, 저건?

어쨌든 양과 사슴의 복합체는 나무의 덩굴을 요리조리 피하며 나무를 잘도 약 올리고 있었다.

끄어어엉—!

나무가 분통을 터뜨리는 모습을 보자 힘이 솟았다. 이 나무는 멍청한 것이 자신의 긴 뿌리들을 제대로 활용하지 못하는 것 같았다. 사방에서 뿌리를 뻗어 동물을 에워싸면 도망가지 못할 텐데, 그저 사슴의 뒤로 뿌리와 덩굴을 뻗어대고만 있으니 당연히 놓칠 수밖에.

'그런 나무에 잡힌 나는 뭐지?

심한 자괴감이 들었지만 고개를 설레설레 저어 털어냈다. 나는 저 양과 사슴의 복합체만큼 날렵한 움직임을 보이지 못해서 잡힌 것이다. 이건 지능을 떠나서 육체의 문제인 것이야.

파사삭—

복합체는 요리조리 잘 피하며 수풀을 헤치고 달려나갔다. 그러자 화가 난 나무는 그제야 자신의 모든 덩굴을 뽑아 사슴에게 뻗었다.

휘리릭—

쿵!

하나, 복합체는 뿌리가 그물처럼 촘촘하게 얽힌 나무 밑으로 몸을 쑤셔 넣었고, 덩굴은 그것들에 가로막혀 튕겨져 나왔다.

끄어어어엉!!

나무는 거세게 포효하며 덩굴을 휘둘러 자신의 진로를 막은 그 뿌리를 뜯어냈다.

그때, 나무의 공격을 받은 또 다른 나무가 몸을 꿈틀하더니 무지막지한 양의 덩굴을 뽑아 반격하기 시작했다.

'뭐, 뭐지?'

그 나무는 덩굴을 뽑아 반격하는 동시에, 뿌리를 뽑아 사슴을 옭아매더니 입속에 털어 넣었다.

우적우적—

나무의 입가를 타고 복합체의 피가 주르륵 흘러내린다. 나무는 피 묻은 이빨을 씩 드러내며 내가 올라와 있는 나무를 바라보았다. 저 나무도 살아 있는 육식의 나무였던 것이다.

그 모습을 가만히 지켜보고 있던 나무는 분노의 포효를 터뜨렸다. 마치 내가 먹이를 빼앗기다니 하고 외치는 것 같았다.

끄어어어어어어어어엉!!

나무와 복합체 간의 쫓고 쫓기는 추격전은 이내 메가톤급 나무들끼리의 혈투로 변하고 말았다.

'엄청나다.'

정말 두 그루의 거대한 나무가 서로 박투를 벌이는 모습은 순간 공포와 고통을 잊게 만들 정도로 박진감 넘쳤다.

쾅—! 쾅—!

나무들 간의 덩굴이 서로 얽히고설키며 서로의 것을 뜯어내려고 꿈틀거린다. 지면 위로 솟아오른 뿌리들은 상대방의 몸체를 강하게 후려치며 나무껍질을 산산조각 낸다. 전략 따위는 없었다. 그저 누가 더 많이 상대방의 몸체를 부수냐가 이 싸움의 관건이었다. 그리고 공격받는 나무는 흡사 롤러코스터를 탄 것처럼 흔들거렸다.

"으악!"

나는 근처의 나뭇가지를 꽉 붙잡고 나무의 머리 위에 대롱대롱 매달렸다. 격한 흔들림에 금방이라도 떨어져 나갈 것만 같았다. 마치 롤러코스터를 안전 바 없이 탄 기분이다.

그때,

쾅—!

상대방 나무의 뿌리가 내가 타고 있는 나무의 본체에 작렬했다. 그 한 방의 회심의 공격은 그야말로 엄청난 데미지를 입혔고, 강력한 충격에 그 부위의 나무껍질이 터져 나갔다.

끄어어어엉—!

나무는 고통의 신음 소리를 내지르고,

"으아아악!"

나는 그 충격에 튕겨져 나가며 공포의 비명 소리를 내질렀다. 바람이 얼굴을 휙휙 지나가며 머리칼이 곤두섰다.

'진정해! 진정해! 제발!'

푸들거리는 팔다리를 잔뜩 이완시키며 준비해 놓았던 덩굴을 앞으로 뻗었다. 그리고 떨어지는 와중에 눈을 쉴 새 없이 움직이며 고리를 걸 만한 적당한 곳을 물색했다.

'저기다!'

나는 눈앞을 빠르게 지나가는 나뭇가지를 향해 덩굴을 던졌다. 카우보이가 고리로 돼지를 낚아채듯이 나는 덩굴을 뻗어 나뭇가지를 낚아챘다. 나뭇가지가 휘면서 느껴지는 강한 반동에 팔이 뽑혀 나갈 것 같았지만, 재빨리 팔을 구부려 뽑히는 것은 막을 수 있었다.

하지만 나는 시계의 추처럼 날려가 나무와 부딪칠 수밖에 없었다.

퍽—!

"컥!"

꽤 강력한 충격에 절로 신음 소리가 터져 나왔다. 나는 갈비뼈가 부러지지 않았다는 사실에 감사하며 천천히 덩굴을 늘어뜨렸다. 최대한 밑으로 올 수 있는 곳까지 덩굴을 늘어뜨린 후 나는 가지를 밟으며 내려갔다. 마음 같아서는 재빨리 내려가고 싶었지만 땅과의 거리가 꽤 멀어서 신중하게 가지를 타야 했다.

쾅—! 쾅—!

끄어어엉!

내가 떨어진 것은 신경 쓰지 않는지 나무들은 싸움을 이어 가고 있었다. 덩굴과 덩굴이 얽히고 몸과 몸이 부딪치자 정글 가득 그 소음이 울려 퍼졌다.

"휴우……."

그사이 나는 안도의 한숨을 내쉬며 땅바닥에 착지했다. 그리고 재빨리 주변을 살펴보았다. 이곳에 있다가는 튕겨 나온 덩굴에 맞아 죽거나 나무들의 발에 밟혀서 죽을 것 같았다.

이계에 왔는데 밟혀 죽음.

절대 그럴 수는 없지. 나는 숲이 아래로 꺼졌던 부분이 있었다는 사실을 상기하며 신중하게 주위를 둘러보았다.

그때,

콰르르르르르!

어디선가 급류가 흘러가는 소리가 들려왔다. 나는 소리가 들려온 방향으로 재빨리 달려나갔다. 혹시나 하고 뒤를 힐끗 보니 나무들은 여전히 싸움에 열중하고 있었다.

기회다.

앞을 가로막는 관목들을 헤치며 앞으로 나아갔다.

쿠르르르르!

마지막 관목을 헤치며 고개를 앞으로 뻗자 톱니바퀴 돌아가듯 무서운 속도로 흐르는 급류가 눈앞에 모습을 드러냈다. 내가 서 있는 위치는 급류로부터 약간 위에 있는 지대였다. 급류를 바라보며 머릿속으로 급류가 생성되는 과정을 상상해 보았다. 이런 상상을 하게 될 경우, 운이 좋으면 지형을 이용해 역경을 헤쳐 나갈 수 있다.

빠른 속도로 흐르는 급류는 오랜 시간에 걸쳐 주변 지대를 날카롭게 깎으며 지나갔을 것이다. 그 결과 급류의 양쪽에 깎아 지르는 절벽이 생겼을 테고, 그로 인해 나는 그 절벽의 한쪽에 우두커니 서게 되었지.

'제길.'

절벽을 꼼꼼히 살펴보고 급류의 경로를 살펴봐도 이 지형을 어떻게 이용해야 할지 떠오르지 않았다. 급류를 타기에는 너무나 빨랐고, 급류를 피해 위로 건너가기에는 절벽과 절벽 사이의 거리가 멀었다.

'일단 여기서 대기하며 생각을 정리해 보자.'

나는 털썩 주저앉아 나무의 머리에서 채취했던 알로에를 꺼냈다. 그 초록빛 몸체를 보자 알로에가 사랑스럽기 그지없었다. 이 알로에는 나의 또 하나의 생명이나 다름없었다.

알로에는 상처가 난 부위의 모세혈관을 생성해서 그 부위에 영양소를 재빨리 공급해 준다. 때문에 상처 치유를 도와주고 지혈을 해준다. 뿐만 아니라 알로에는 면역력을 강화시켜주기도 한다. 물론 지속적으로 먹어야 한다는 전제가 있지만.

알로에의 잎을 뽑아 안쪽 면을 칼로 쭉쭉 그었다. 그 틈 사이로 흘러나온 즙을 모아 상처가 난 부위에 덕지덕지 발랐다.

상처 부위를 알로에로 범벅하고 난 후에는 남은 즙을 모조리 입안에 털어 넣었다. 그리고 남은 잎사귀들은 껍질을 벗겨낸 후 속살을 생으로 씹어 먹었다.

우적우적—

'윽.'

미끌미끌하고 맛은 말로 표현할 수 없는 미지의 것이었다. 위에서 뭔가가 부글거리며 쏟아져 나올 것만 같았다. 하지만 참아야 했다.

'그래도 알로에는 포만감도 높고 건강에도 좋아.'

언제까지나 지구의 알로에와 같은 것이라는 전제가 깔려 있어야 하지만, 전에 물이끼의 효능을 본 이상 그 가능성을 믿어보기로 결심했다.

'이것저것 잴 시간이 없다.'

만약 알로에를 먹고도 배가 차지 않으면 근처에서 단백질을 찾아봐야겠다. 상처를 회복할 때는 많이 먹는 것이 좋으니 말이다.

후우.

나는 한숨을 내쉬고 시계를 바라보았다. 날이 저물기까지는 시간이 많이 남았다. 이 정도 시간이면 손바닥이 까진 것까지 고려해도 은신처를 만들기 충분했다.

CHAPTER **04**
쉬바쿰

낚였다. 낚였어.

창자가 꼬이다 못해 비틀려서 갈기갈기 찢겨지는 기분
이랄까. 나는 손으로 머리를 쥐어뜯으며 괄약근에 힘을 줬
다.

푸직—

땅바닥에 사납게 착륙한 묽은 설사는 내 장의 상태가 얼마
나 심각한지 알려주고 있었다.

빌어먹을. 알로에가 아니었던가.

생김새는 분명 알로에가 맞았다. 하지만 설사를 하는 것을

보면 지구의 알로에와 미묘한 차이가 있는 것 같았다.

과량 복용하면 설사를 한다든지, 특수한 처리를 하지 않으면 설사를 한다든지, 설사를 한다든지, 설사를 한다든지!

그렇다면 면역력 강화라든지 모세혈관 형성 같은 의학적 기능을 기대할 수 없게 된다.

젠장. 내 잘못이지.

하긴 이계에 온 이상 그 어떤 것도 안심하고 먹을 수 없다. 늑대 비슷한 짐승부터 양과 사슴의 복합체, 육식하는 나무까지 괴상하다면 괴상한 짐승들을 봐오지 않았던가. 그것들은 모두 지구에는 없는 생명체다.

그런 생각에 이르자 내가 지금까지 자연에서 얻은 모든 것이 의심스러웠다. 물이끼는 우연히 그 효과가 같았다고 치더라도 나머지는?

지옥이구나, 지옥이야!

생지옥이 있다면 이곳을 일컫는 말이리라.

고개를 설레설레 저어 상념을 털어낸다. 지금 내가 이렇게 회의적인 생각을 하는 것은 다름이 아니라 폭풍처럼 쏟아져 나오는 설사 때문이다.

긍정적인 마인드, 그리고 진취적인 자세. 다시 한 번 이 두 가지를 상기하며 근처에 있는 나뭇잎을 떼어 항문을 닦았다. 약간 물기가 묻어 있어서 느낌이 이상하지는 않았다.

나는 뚫어놓은 구멍 안에 볼일을 처리했는데, 이렇게 하지 않으면 후각이 발달한 짐승들이 똥내를 맡고 날 찾아올 가능성이 높았기 때문이다. 그래서 보다 확실하게 하기 위해 구멍을 메우고 그 위를 덤불로 꼼꼼하게 덮었다.

"하아!"

나는 힘겹게 만든 은신처 위로 몸을 누이며 한숨을 내쉬었다.

폭풍 같은 설사를 해서인지 온몸에 힘이 없었고 식은땀이 흐르는 것 같았다.

세균에 전염되진 않았겠지.

절망적인 생각이 불쑥불쑥 솟아올라 온다. 그래도 다행인 점은 싸움을 하던 나무들이 사라졌다는 것. 한참을 싸우다가 양패구상하게 될 것을 염려했는지 영리하게도 나무들은 각자 갈 길을 갔다.

타닥타닥―

불이 타오르며 나를 위로해 주었다. 그 따뜻한 온기에 몸이 나른해지며 눈이 스르르 잠겨왔다.

그러나,

왜애애애앵― 왱왱― 왜왱―

"아악!"

정글에서의 밤은 결코 편하지 못했다. 바로 이 모기 때문이다. 모기는 밤낮 할 것 없이 달려드는데, 그 숫자가 너무나 많아 도저히 피해낼 수가 없다.

불행 중 다행이라면 모기에 물린 곳이 생각보다 그렇게 심한 상처가 나지 않는다는 것. 확실히 집모기보다는 독해서 팅팅 부어올랐지만 밀림에 주로 서식하는 흡혈곤충 '삐용' 급은 아니었다.

울어야 할지 웃어야 할지 모르겠군.

나는 불 위로 젖은 잎사귀들을 올리며 자욱한 회색빛 연기를 만들어냈다. 부디 이 연기들이 모기를 쫓아내기를.

그때,

우르릉—

"뭐지?"

나는 고개를 쳐들었다. 들려온 소리에 이렇게 반문하면서도 뇌는 이미 소리의 정체를 파악하고 내 얼굴 근육이 경련을 일으켰다.

"……."

입술이 씰룩거리고, 미간이 찌푸려지고, 성대를 타고 욕이 쏟아져 나왔다.

"으아아아, 빌어먹을!"

쏴아아아아아—

그야말로 하늘에 구멍이라도 뚫린 듯 억수처럼 쏟아져 내리는 비.

정글은 우기 때 비가 시간당 15센치씩 내리기도 한다. 정글에 들어온 이후로 비가 오지 않아 안심하고 있었는데, 하필 이런 시기에 비가 쏟아져 내리고 있다.

하늘이 내가 정글에서 벗어나는 것을 원치 않는지, 아니면 내가 고생하는 것을 원하는 건지.

몸 이곳저곳에 상처가 나고, 폭풍처럼 설사를 하고, 부실하게 은신처를 만든 이 시점에 비가 쏟아져 내린다.

무엇보다도 내 불!

나는 거의 꺼져가는 불씨를 컵에 담아 제법 우거진 나무 밑으로 재빨리 달려갔다. 불씨는 절대 잃어서는 안 된다. 이곳 정글에서는.

나무 밑 부분은 움푹 들어가 있었는데, 비로 인해 흙이 씻겨 내려가면서 생긴 자연 은신처였다.

나는 아까 이곳에 나뭇가지를 이용해 은신처를 만들어두었다.

혹시나 하고 미리 만들어둔 조잡한 지붕에 얽혀 있던 나뭇잎이 쏟아지는 빗방울을 어느 정도 막아주었다.

지붕을 안 만들었으면 큰일 날 뻔했어.

나는 낑낑대며 그 안으로 기어들어 갔다. 그리고 가방 안에 넣어두었던 불쏘시개를 꺼내 불씨 위에 얹었다. 훅훅 불어가며 불씨를 되살리자 다시 빨간 빛을 내며 힘겹게 타오르기 시작했다.

"휴우!"

나는 안도의 한숨을 내쉬고 벽에 기대며 바깥을 쳐다보았다.

멀리 있는 사물이 분간되지 않을 정도로 빽빽하게 내리는 빗줄기.

쏴아아아—!

빗줄기는 이내 땅 위로 옅은 운무(雲霧)를 형성했고, 그로 인해 숲 내음이 정글 가득히 퍼져 나갔다.

티딕티딕—

땅바닥에 부딪친 빗줄기가 사방으로 튀어나갔다. 그 모습을 자세히 바라보니 빗줄기의 굵기가 어마어마하게 굵었다.

빗줄기의 굵기, 그리고 그로 인한 요란한 소음은 하나의 거대한 샤워기를 연상시켰다.

정말 샤워기를 틀어놓은 것 같군.

나는 절망적으로 입을 멍하니 벌린 채 하늘을 올려다보았다. 우울한 회색빛 구름과 쏟아져 내리는 비를 보자니 가슴속에서 악감정이 무럭무럭 솟아올랐다.

"내가 왜 이런 시련을 겪어야 하지? 내가 왜!"

나는 쇠스랑을 바닥에 콱 찍으며 외쳤다. 이렇게라도 울분을 표출하지 않으면 미칠 것만 같았다.

왜 차원이동을 해서 이런 고통을 겪어야 하는가. 차원이동하더라도 왜 이런 지옥 같은 환경에 떨어져서 고통에 몸부림쳐야 하는가.

도대체 왜! 내게 무슨 잘못이 있기에!

"으아아아아아!"

나는 지금까지 가슴에 서서히 축적되어 온 뜨거운 분노를 방출했다. 그 분노는 성대를 타고 올라와 한줄기의 절규로 승화하며 정글을 쩌렁쩌렁 울렸다.

"헉, 헉, 허억……!"

시원하게 외치고 나니 가슴이 시원하게 뻥 뚫린 것 같았다.

나는 때때로 이렇게 고함을 한 번씩 질러줘야겠다고 생각하며 다시 바닥에 주저앉았다.

"……."

티딕티딕—

타오르는 불꽃.

물끄러미 그 불꽃을 바라보았다.

마치 불꽃의 정령이 어지러이 춤추는 것처럼 불꽃의 중심에서 솟아오른 화염이 아스라이 허공 속으로 녹아들어 갔다.

이계에 온 이후로 불꽃은 언제나 내 옆에서 나를 위로해 주었다. 때로는 어머니처럼 나를 보듬어주고, 때로는 친구처럼 내 용기를 북돋아주었다.

'후우……'

불꽃의 따뜻한 온기에 몸이 나른해지자 눈이 스르르 감겨왔다.

비 때문인지 내 수면을 방해하는 모기가 없었기에 오랜만에 숙면을 취할 수 있었다.

오늘은 어느 때보다 괴롭고 힘든 하루였다.

*   *   *

아침이 밝았다.

어제는 막상 쉽게 잠들었으나 불씨를 보살펴야 했기에 두세 시간 간격으로 깨어나야 했다. 이 지긋지긋한 정글에서 벗어나 문명을 만나지 않는 이상 제대로 된 휴식을 취하긴 힘들었다.

새벽에 다시 한 번 설사를 하자 어느 정도 복통이 가셨다.

다시는 알로에를 먹지 않아야겠다고 다짐하며 나는 암반에서 똑똑 떨어지는 물방울을 물통에 받았다.

또옥—

마지막 한 방울까지 물병에 꽉꽉 채우고 한 모금 마신 뒤 뚜껑을 닫았다.

커다란 암반에서 흘러나오는 물은 암벽의 틈새를 통해 나오는 것이기에 자연적으로 정화된 깨끗한 물이다. 이러한 이유 때문에 고대의 마야인들은 물의 신이 동굴에서 산다고 생각했다고 한다.

나는 어깨와 팔의 상처를 살펴보았다. 옅지만 딱지가 상처를 덮고 있었다. 그렇게 심한 상처도 아니고 자잘한 생채기였기에 딱지가 쉽게 생긴 것 같았다. 가슴에 난 상처는 가까스로 피가 멎어 있었다. 물로 상처를 깨끗하게 닦아내고 챙겨온 물이끼로 동여맸다.

큰일이군.

작은 상처라도 정글에서만큼은 치명적인 상처로 돌변할 수 있다. 어깨와 팔의 상처에는 딱지가 앉았으니 2차적인 세균 감염이 일어날 가능성은 적었다. 하지만 문제는 가슴의 상처였다.

눈을 감고 정글에서 의학적 효과를 기대할 수 있을 만한 것을 떠올려 보았다. TV에서 봤던 뾰족한 가시가 많이 달려 있는 나무가 떠올랐다. 그 가시 때문에 실수로 만지게 되면 따끔한 통증을 느끼지만, 가시를 떼어내고 속살을 상처 위에 문지르면 통증을 줄여주고 상처 회복에도 도움이 된다고 했다.

걸어가면서 그 나무를 한번 찾아봐야겠다.

나는 급류가 흐르는 방향을 따라 저지대로 이동했다. 어제 비가 와서인지 급류는 잔뜩 불어나 있었다.

콰르르르—!

흘러가는 소리가 얼마나 우렁찬지 귀가 먹먹할 정도다.

그 모습을 보며 나는 잠깐이나마 급류 타기를 생각했던 나를 비웃었다. 이런 급류는 들어가자마자 휩쓸려 익사하기 딱 좋다.

급류를 탈 생각만 하지 않는다면 급류는 좋은 지표가 될 수 있다. 급류를 따라 계속 쭉 내려가다 보면 강과 강이 만나는 지점에 도착할 수 있겠지. 아마 그곳에 마을이 있을 것이다. 아니, 그래야만 했다.

그때였다. 내 시야에 이질적인 것이 들어왔다.

"뭐지?"

뭔가가 나뭇가지에 매달려 있었다.

나는 그것을 향해 천천히 다가갔다. 점점 가까워지자 나는 그것이 동물임을 알 수 있었다.

멧돼지 비슷하게 생긴 동물이었는데, 함정에 걸렸는지 뒷

발에 줄이 묶여 나뭇가지에 대롱대롱 매달려 있었다.

함정?

함정이 있다는 것은 곧 인간 정도의 지성을 가진 생명체가 있다는 뜻이다.

"사람! 사람인가?"

나는 두근두근 떨리는 심장의 박동 소리를 느끼며 주위를 둘러보았다.

물론 바로 함정의 주인이 보이지는 않았다. 그저 반사적인 행동에 불과했다. 그래도 함정을 발견했다는 것은 내게 또 하나의 희망을 가져다주었다.

이곳에서 기다리다 보면 이 함정을 설치한 주인을 만날 수 있겠지. 사람을 만날 생각을 하자 자연스럽게 미소가 떠올랐다.

드디어 고생이 끝나는 것인가! 하지만 최악의 경우 함정의 주인이 식인종일 가능성을 배제할 수 없었기에 경계심을 가졌다. 주위를 살펴 사람이 없는 것을 확인한 후 멧돼지에게 다가갔다.

"흐흐."

무기력하게 축 늘어져 있는 멧돼지를 보니 식욕이 무럭무럭 피어올랐다. 다른 사람의 사냥감을 빼앗아 먹는 것은 도리가 아니었으나 다리 하나 정도는 괜찮지 않을까 싶었다.

"얼마만의 고기지?"

그리고 손을 뻗어 멧돼지를 잡으려는 순간,

퓨욱—!

"억?"

뭔가 따끔한 것이 목덜미에 틀어박혔다. 손을 들어 목에 박힌 것을 만져보았다.

가느다란 침이었다.

"끄으으응!"

제기랄!

그렇게 나는 곧바로 정신을 잃고 말았다.

*　　　*　　　*

"크으으으……."

나는 뻣뻣한 목덜미를 문지르며 힘겹게 눈을 떴다. 이상하게 근육이 뭉친 것처럼 목덜미가 굳어 있다.

'으으, 춥다.'

살갗에 닿아 있는 바닥이 너무나도 차가웠다. 그 딱딱한 돌바닥을 통해 스멀스멀 올라오는 한기(寒氣)는 도저히 참을 수 없었다. 몸이 바들바들 떨려왔고 입술은 파랗게 질려갔다.

어떻게 된 거지?

추위는 둘째 치고 지금 내가 직면한 문제는 따로 있다.

바로 이곳이 어디인가? 그리고 어떻게 된 것인가?

주위를 둘러보았다.

하나 사방은 칠흑 같은 어둠이 뒤덮고 있어서 어둠에 적응될 때까지 눈을 깜박거렸다. 차 한 잔 마실 정도의 시간이 흐르자, 이윽고 눈이 암순응(暗順應)되어 시야를 확보할 수 있었다.

이곳은 토굴이었다. 그렇다고 흙먼지가 풀풀 날리고 음침한 토굴이 아니라, 바닥과 벽이 꼼꼼하게 벽돌로 메워져 있는 세련된 토굴이었다.

그리고 토굴의 앞쪽은 거대한 철창에 막혀 있었다. 철창 가까이 다가가 살펴보니 철의 강도가 제법 높았고, 묵직한 자물쇠까지 달려 있었다.

그 말인즉슨 이계의 문명 발전도가 예상 외로 높다는 것이다.

나한테는 불행하게도.

"…젠장."

극악한 환경에서 아등바등 살아와서인지 사태를 먼저 파악한 후 절망하는 습관이 생겼다. 철창이 강력하고 토굴에 갇혀 있다는 상황을 파악하자마자 가슴속에서 불안함과 두려움이 스멀스멀 피어올랐다.

동시에 다시 의문이 떠올랐다.

아아, 어떻게 정신을 잃은 거지?

말 그대로 나는 함정을 발견하자마자 쓰러졌다. 퓨욱— 하는 소리와 함께 쓰러졌으니 아마 내가 맞은 것이 독침의 일종이 아닐까 생각하는데, 나를 가두어놓은 종족이 부디 식인종이 아니기를 간절히 빌었다.

족쇄는커녕 몸에 아무런 제약이 걸려 있지 않았기에 긴 한숨을 내쉬고 일어나 왔다 갔다 하며 초조함을 달랬다. 불안감에 주변을 서성이고 있는데 문득 어깨가 가볍다는 것이 느껴졌다.

뭐지?

"내 가방!"

그렇다. 내 가방이 없었다. 온갖 불쏘시개와 컵, 거친 야생에서 살아남기 위해 필요한 모든 도구가 가방 안에 들어 있는데 그것이 몽땅 사라진 것이다.

쿵!

입술을 지그시 깨물며 벽을 강하게 쳤다. 제법 묵직한 타격음과 함께 눈물이 핑 돌 정도의 고통이 주먹을 타고 퍼져 나갔다. 빨갛게 달아오르는 손을 보며 입술을 더욱 세게 깨물었다.

너무나 안일했다. 사람의 흔적을 발견했다는 기쁨에 도취되어 결코 놓지 말아야 할 긴장과 경계의 끈을 놓아버리고 만 것이다. 적어도 주변을 충분히 살펴볼 기회가 있었는데 그러질 못했다.

모두 내 탓이다. 가방을 잃은 것도, 그리고 쇠스랑까지 잃은 것도.

'아아, 이를 어찌하면 좋나.'

내 모든 것이라 할 수 있는 가방과 쇠스랑을 잃고 어두운 토굴 속에 갇혀 있다. 절망적이고도 절망적인 상황이다.

그때,

쩔그럭쩔그럭!

철창 앞으로 쭉 이어져 있는 통로, 그 너머에서 열쇠 맞부딪치는 소리가 들려왔다.

나는 긴장하며 몸을 웅크린 채 상대방이 오기를 기다렸다.

쩔그럭쩔그럭!

열쇠 소리가 점점 가까워졌다. 시시각각 엄습해 오는 공포감에 몸을 부르르 떨며 전방을 주시했다.

상대방은 어떤 모습일까. 입가에 피를 잔뜩 묻힌 식인종일까, 아니면 샛노란 눈동자를 번뜩이는 괴수일까.

쩔그럭!

멈춘 열쇠 소리와 함께 마침내 상대방이 눈앞에 모습을 드러냈다.

"허, 헉!"

나는 상대방의 얼굴을 보고 헛숨을 삼키며 뒷걸음질 쳤다. 내가 생각하고 있던 그 어떠한 모습도 상대방의 모습에 근접하지 못했다.

상대방은 너무나도 아름다웠다.

어둠 속에 동화된 듯한 회색빛 피부는 암석같이 단단해 보이는 한편 말로 형용할 수 없는 신비로움을 품고 있었다.

또한 귀는 판타지 소설에 나오는 엘프처럼 살짝 뾰족했으며 콧날은 오뚝하고 턱 선은 날렵했다. 흑요석같이 매끄러운 검은 머리칼은 허리까지 길게 늘어져 있었는데 몸을 움직일 때마다 고무줄처럼 탄력적으로 흔들렸다.

여기까지만 보면 아름다움 그 자체라고 할 수 있었다. 즉, 미(美)를 위해 태어난 종족이라고 볼 수 있었다.

하지만 옥에 티가 있었다. 아니, 티끌 수준이 아니라 구멍 수준.

바로 눈!

흰자와 검은자의 구분 없이 새까만 그 눈동자를 보는 순간 숨이 턱 막혀왔다.

마치 악마의 눈동자처럼 그 눈동자는 끝없는 무저갱의 어둠을 담고 있었으며 뿐만 아니라 한줄기 잔악함이 깃들어 있었다.

온화함과 따스함이 결코 느껴지지 않는 무자비한 시선.

그 시선이 위에서부터 아래까지 내 몸을 샅샅이 훑어보자, 마치 얼음 굴에 들어간 것처럼 몸이 으슬으슬 떨려왔다.

공포가 이성을 잠식했고, 심장은 거세게 쿵쾅거리며 박동했다. 강가에서 거대한 짐승의 발자국을 봤을 때처럼 사지가 굳어 손가락을 까딱일 수조차 없었다.

"에바리온 일룸."

냉혹한 시선으로 나를 바라보던 그가 뭐라 지껄이자 자물쇠가 철컥 하고 열리더니 두꺼운 쇠창살이 활짝 열렸다.

'무슨 언어지? 그리고 철창이 어떻게 열린 거지?'

의문이 꼬리에 꼬리를 물고 늘어졌다. 하지만 어떠한 결론을 도출해 낼 틈도 없이 그는 우악스럽게 내 팔을 움켜잡고 나를 끌고 가기 시작했다.

몸은 호리호리한데 어디서 그런 괴력이 나오는지 꽉 잡힌 팔 아래로 피가 통하지 않을 정도다.

어둠이 짙게 내려앉은 통로를 지나 바깥으로 나오자 거대한 인공 동굴이 눈앞에 펼쳐졌다.

동굴이 어찌나 큰지 천장이 보이지 않을 정도다. 매끈하게 다듬어져 있는 동굴의 벽과 바닥을 보자 이 동굴을 만들기 위해 얼마나 애썼는지 알 수 있었다.

이내 동굴의 구조에서 시선을 거두고 주변을 둘러보았다.

"…헉!"

너무 조용해서 누가 있는지 몰랐는데 이 거대한 동굴 안에 수많은 이가 석상처럼 서 있었다. 그들의 표정은 무표정 그 자체였으나, 하나같이 칠흑 같은 눈동자를 가지고 있었다.

마치 악마의 소굴에 들어온 것 같은 기분에 몸이 부들부들 떨렸다.

검은자만 보이는 수백 쌍의 눈동자가 자신을 노려보고 있다고 생각해 보라. 얼마나 소름 끼치고 무서운지.

만약 나를 끌고 가는 자가 팔을 세게 움켜잡지 않았다면 오줌을 지렸을지도 모른다.

그때,

"큭!"

그가 팔을 탁 놓으면서 등을 걷어찼다. 나는 간신히 고꾸라지는 것을 면하고 비틀거리며 몸을 가눴다.

내가 허리를 완전히 펴고 주위를 둘러보자 천장 쪽에서 예의 그 알아들을 수 없는 언어가 들려왔다.

"앗쌀루 하마미카?"

갑자기 위에서 목소리가 들려오자 나는 깜짝 놀라며 고개를 쳐들었다.

천장의 거대한 종유석을 국자처럼 깎아놓은 곳에 누군가 앉아 있었다. 그 국자의 수는 정확히 다섯 개였고, 한 국자마다 꼭 한 명씩 앉아 있었다. 그들의 차림새는 일반적인 복장과 차이가 있었다.

나를 끌고 온 자와 광장에 모여 있는 이들이 수수한 가죽옷을 입고 있는 반면, 그들은 번쩍이는 갑주를 걸치고 은은하게 빛나는 왕관을 머리에 쓰고 있었다. 한 마디로 지고(至高)한 신분을 가지고 있다는 뜻이리라.

나는 그들의 손에 내 목숨이 달려 있다는 것을 본능적으로 인지했다.

'호랑이에 물려가도 정신만 차리면 살 수 있다고 했다.'

식인종을 만난 것처럼 그 두려움에 다리가 부들부들 떨리고 입술이 파르르 떨렸지만 주먹을 꽉 쥐고 정신을 붙들어 맸다.

문득 시선이 느껴지는 곳을 쳐다보니 간수가 살기 어린 눈동자로 날 바라보고 있었다. 고개를 들어 위를 바라보니 그들도 하나같이 나를 바라보고 있었다.

아까 알아듣지 못한 목소리가 질문이었나 보다.

나는 뭐라고 말을 해야 할까 고민하다 말했다.

"안녕하세요."

그러자 예상대로 내 말을 알아들을 수 없었는지 저마다 눈을 이상야릇하게 뜨며 쑥덕거리기 시작했다. 광장에 서 있던 자들도 저마다 웅성거리기 시작했으며, 나를 끌고 온 자도 미간을 찌푸리며 나를 바라보았다.

"히쌉!"

그때, 국자에 앉아 있던 자 중 한 명이 크게 외치자 소란이 일시에 멈췄다. 그 모습을 보건대 그들의 권위가 예상보다 훨씬 강력하다는 것을 느낄 수 있었다.

내가 위를 올려다보자 국자에 앉아 있는 자들이 일제히 한 곳을 바라보았다. 그들이 바라본 곳은 가장 오른쪽에 형성되어 있는 종유석이었는데 그 옆에 갑주도 왕관도 없는 자가 서 있었다.

왜 그를 못 봤지?

하나 의문은 금방 풀렸다. 그는 온통 검은색 일색의 복장에다가 마치 실에 매달린 것처럼 공중에 둥둥 떠 있어서 처음에 알아차리지 못한 것이다.

공중에 떠 있다니? 도대체 무슨 조화를 부린 걸까. 말로

만 듣고 영화로만 보았던 마법이 이계에는 실존하는 것일까.

시선을 받은 그는 고개를 끄덕이더니 내게 몇 마디 던졌다. 몇 차례에 걸쳐 나눠 말하는 것을 보니 각각 다른 언어로 말하는 것 같았는데, 어느 하나 내가 알아들을 수 있는 언어는 없었다.

내가 고개를 갸우뚱하자, 그는 당황한 기색을 역력히 드러내며 볼을 긁었다. 그러더니 갑자기 손가락을 튕겼다.

딱―

그 순간, 알 수 없는 미묘한 기운이 몸을 둘러싸는 것이 느껴졌다. 그것은 한없이 포근하면서도 이질적인 기운이었다.

"정체가 뭔가?"

그때, 손가락을 튕긴 자가 말했다.

놀랍게도 나는 그의 언어를 알아들을 수 있었다. 말하는 언어는 한국어가 아닌데, 두뇌를 통해 인식하는 것은 분명히 한국어였다.

이것이 마법인 것인가? 그 유명한 마법!

막연한 기대감과 흥분이 가슴을 벅차오르게 만들었다. 하나 지금은 마법이 실제로 존재한다는 것에 기뻐할 상황이 아니었다.

'……'

나는 그를 물끄러미 바라보았다. 다름이 아니라 생각할 시간을 버는 것이다. 이제부터가 중요하다.

내가 어떤 말을 꺼내는지에 따라 내 처지가 좌우되는 것이다. 이곳은 이계이며, 이곳의 그 누구도 나의 진정한 정체를 알지 못한다.

즉, 저자에게 내가 세계에서 가장 유명한 사람이며 돈도 많고 권력도 넘치는 막강한 초국적 기업의 회장이라고 해도 거리낄 것이 없다는 뜻이다.

내가 그런 생각을 하며 눈동자를 번뜩이고 있었는데, 순간 청천벽력 같은 목소리가 울려 퍼졌다.

"음흉한 생각을 하고 있군! 그대의 더러운 속내가 또렷하게 보인다!"

"헉!"

나는 깜짝 놀라며 그를 바라보았다. 마음을 읽은 것일까?

그는 예의 그 시꺼먼 눈동자를 번뜩이며 나를 바라보았다.

거짓말이 통하지 않는 상대군. 이럴 때는 솔직하게 말하는 것이 상책이다.

나는 고개를 설레설레 저어 잠깐 품었던 야망을 털어낸 후 그를 올려다보며 말했다.

"나는 이곳에서 태어난 존재가 아닙니다. 즉, 다른 세계에서 온 존재로, 어느 날 갑자기 이곳에 오게 되었습니다."

하지만 최대한 상식에 맞게 얘기하는 것도 잊지 않았다. 예전에 소설책을 봤을 때, 차원이동한 주인공들이 저마다 한국에서 왔다고 지껄이며 상대방을 난처하게 만드는 모습을 심심찮게 볼 수 있었다.

그건 정말 무개념적인 발상이다. 한국이라고 한들 저들이 알아들을 수 있겠는가. 차라리 이런 때는 현학적으로 얘기해야 말이 통한다.

이번에는 나의 속내가 보이지 않았는지 그가 신중한 표정을 지으며 내게 말했다.

"맑은 파장이 보이는군. 적어도 거짓은 아니라는 뜻인데… 어쩌다가 이곳에 오게 되었는가?"

"모릅니다. 갑작스럽게 이곳으로 이동되어 저도 영문을 모르는 바입니다."

그는 뭔가 생각하는 듯 미간을 찌푸리더니 이어서 말했다.

"파장은 맑으나 도무지 믿을 수 없군. 그대의 모습은 인간의 모습과 완벽하게 일치한다. 비록 인간에게 찾아볼 수 없는 검은색 머리칼과 눈동자를 지니고 있다 해도 그대가 철저하게 훈련받은 돌연변이 인간 첩자인지 알 수 없는 노릇이다."

돌연변이 인간 첩자라니!

나는 초조해졌다. 그의 언성이 높아지자 국자에 앉아 있는 자들의 표정이 험악해지기 시작했다.

재빨리 반론을 펼쳐야 한다.

"그렇다면 이 언어는 어떻게 설명하실 겁니까? 제가 스스로 창조해 낸 언어라고 생각하시는 것은 아니겠지요?"

"인간의 족속은 그 갈래가 수백 가지이기에 언어도 수백 가지에 이르지. 그것 중 한 가지가 아님을 증명할 수 있겠는가?"

할 말이 없군. 나는 머리를 싸매며 궁리했다.

차라리 유충을 먹고 극악한 환경에서 살아남는 게 더 쉬울 것 같았다. 내 목숨을 걸고 내가 이계에서 온 존재라는 것을 증명하기가 이렇게 어려울 줄은 꿈에도 생각하지 못했다. 도대체 어떤 근거를 대야 저자가 날 믿을 수 있을까.

내가 가진 고유한 특성이 뭐지? 이계의 인간들, 그리고 흰자가 없는 이자들과 구별되는 고유한 특성이 뭘까.

도무지 생각이 떠오르지 않았다. 그 어떠한 이유를 댄다고 한들 수백 갈래로 나뉜 인간 족속 중 하나라고 반론을 펼친다면 그것을 반박해 낼 수 없었다.

수백 갈래로 나뉜 인간 족속.

이것만큼 포괄적이고도 핵심적인 반론 근거는 없으리라.

생각이 떠오르지 않자 숨이 턱턱 막혀왔다. 이건 내 목숨이 달린 문제다. 빨리 생각해 내야 해!

그때, 어떠한 생각이 뇌리를 스치고 지나갔다.

그렇군!

나는 씨익 웃으며 그에게 말했다.

"그렇다면 제게 시험을 내려주십시오. 그 시험을 통과해 제가 이계의 존재라는 것을 증명해 보이겠습니다."

모든 한국인이 익히고 있는 기술, 바로 책임 전가. 그 기술을 약간만 응용하면 훌륭한 반격기로 사용할 수 있는 것이다. 그러자 내가 생각하는 사이에 다른 국자에 앉아 있는 자들과 이야기를 하던 그가 말했다.

"그냥 간단하게 생각하기로 했다."

"예?"

내가 반문했으나 그는 개의치 않고 외쳤다.

"이자를 '쉬바쿰'에 보내라!"

뭐야? 도대체 상황이 어떻게 흘러가는 거야? 쉬바쿰이라니? 그건 뭐야? 감옥 이름인가? 아니면 무슨 광산 이름일까? 날 노예로 부려먹으려는 것일까? 아니면 나를 팔지도 몰라. 노예가 되는 걸까?

"살려줘! 제발 살려줘!"

나는 목에 핏대를 세우며 외쳤다. 하나 그는 흔들림 없는 표정으로 국자에 앉아 다른 이들과 토론하고 있었다.

마치 이미 자신의 손을 떠난 문제라는 것처럼, 마치 신경 쓰지 않아도 되는 사소한 문제라는 듯.

퍽—

'억?'

그리고 정신을 잃었다.

*   *   *

"콜록콜록!"

나는 목구멍을 태울 듯이 파고드는 흙먼지를 거칠게 뱉어 내며 눈을 떴다. 적갈색의 흙바닥이 시선에 잡혔다.

다시 정글로 돌려보낸 것인가?

고개를 처들고 주위를 둘러보려는데 쩔컹 하고 무엇인가 가 내 행동에 제약을 걸었다.

족쇄였다. 살짝 녹이 슬었지만 무지막지한 두께의 족쇄가 목에 걸려 있었다. 족쇄의 끝부분에 달려 있는 쇠사슬은 바닥에 굳건하게 박혀 있는 말뚝과 연결되어 있었다.

"시발……."

두려움에 심장이 쿵쾅거려 터질 것만 같았다. 낯선 세상에 떨어진 것도 모자라 이제는 목에 족쇄까지 차게 되었다.

이대로 죽게 되는 것일까? 노예처럼 부림을 당하다가 비참한 죽음을 맞이하게 되는 것일까?

눈가를 타고 눈물이 주르륵 흘러내렸다. 서러움에 족쇄를 붙잡고 미친 듯이 흔들었다.

쩔컹쩔컹!

"내가 왜, 내가 왜 이런 결말을 맞이해야 하는 거야!"

"에쉬르 바쿠야!"

그때 뒤에서 거친 음성이 터져 나왔다. 나는 화들짝 놀라며 뒤를 돌아보았다.

내가 갇혀 있는 곳은 적갈색 흙으로 빚은 토굴이었는데 토굴 구석에 나와 같이 목에 족쇄를 한 사람이 있었다.

그는 헝클어진 갈색 머리칼 사이로 날 노려보고 있었다. 찢어진 옷 사이로 보이는 그의 몸은 근육질이었고, 날렵해 보이는 체격이다.

나는 그에게서 시선을 거두고 소매로 눈가를 닦았다. 아니, 닦으려고 했으나 옷이 없었다.

옷이 없다니?

황급히 몸을 살펴보니 내가 몸에 걸치고 있는 것은 달랑 팬

티뿐이었다. 가방과 쇠스랑을 뺏긴 것에 모자라 옷까지 뺏긴 것이다.

"으아아!"

나는 터져 나오는 분노를 주체하지 못하고 바닥을 세게 내리찍었다.

문득 조용히 하라는 어투로 사납게 외쳤던 사내가 떠올라 슬쩍 그를 바라보니 다행스럽게도 고개를 푹 숙이고 있었다.

'......'

답답했다. 답답해서 심장이 터질 것 같았다. 이렇게 상황이 안 좋게 흘러갈 수 있을까?

한때 사람을 만나 호의적인 관심을 받으며 옷과 식량을 제공 받으리라는 희망적인 생각을 가졌다는 것에 이렇게 한심할 수가 없었다.

머리칼을 쥐어뜯었다. 울분이 터져 나왔다. 다시 한 번 눈물이 흘러나올 것 같았지만 꾹 참았다. 입술을 세게 물었다. 주먹을 꽉 쥐었다. 앞으로의 생활과 불투명한 미래에 대해 두려움이 엄습해 왔지만 애써 털어냈다.

나는 살아남는다. 어디서든 살아남는다. 반드시 살아남아서 지구로 돌아갈 거야.

거대 나무의 위협에서도 살아남았고, 거대한 개들과의 싸움에서도 이겼다. 빙하 지대와 밀림에서도 살아남았으니 내 바퀴벌레 같은 생명력을 이용한다면 어디서든 살아남을 수 있을 것이다.

나는 고개를 들어 구석의 사내를 힐끗 보았다. 그 역시 목에 족쇄를 차고 있는 것으로 보아 이곳은 일종의 감옥 같았다.

처음 내가 들어갔던 감옥보다는 질이 안 좋은 것으로 보니 노예같이 대우가 안 좋은 사람들을 가두는 곳인 것 같았다.

상황을 정리해 보자.

위급한 상황일수록 머리는 차갑게 유지해야 한다. 빙하 지대와 밀림을 지나면서 내가 얻은 것이 몇 가지 있는데, 첫째는 체력이고 둘째는 사색하는 능력이었다. 강과 바위를 넘나들고 강행군을 하면서 자연스럽게 지구력이 올라갔고, 혼자 오랫동안 생각하고 전략을 짜면서 행동하는 것이 습관처럼 몸에 배었다.

일단 지금 가장 큰 문제는 언어다.

상대방이 하는 말을 알아듣지 못하면 업신여김을 당할 가능성이 높았다. 언어를 모르므로 의사소통도 할 수 없어 사회 생활을 하는 데 있어서 불이익이 엄청나다. 하지만 이 상황을 타개할 수 있는 방법이 없었다.

다음으로 내가 어떤 상황에 처해 있는지.

내가 이곳에 갇혀 무엇을 하게 될지 모른다. 생체 실험을 당할 수도 있고, 노예처럼 일을 할 수도 있고, 아니면 이곳에서 겨우 목숨을 연명하며 평생 갇혀 있을 수도 있다.

세 번째 생각에 침이 꿀꺽 넘어가며 심장이 두근거렸지만 이내 진정했다.

난 이곳에서 죽을 운명이 아냐!

나는 어두운 통로와 토굴 사이를 막고 있는 쇠창살을 노려보았다. 족쇄와 마찬가지로 살짝 녹이 슬었지만 두께가 무지막지했다. 저 쇠창살을 힘으로 부수고 탈출할 수는 없겠지.

다리 사이로 고개를 파묻었다. 불투명한 미래 때문에 눈앞이 캄캄했다.

이곳에서 어떻게 살아남을 수 있을까. 이곳을 또 하나의 극한의 환경이라고 생각한다면 다큐멘터리의 그 호스트는 이곳에서 어떻게 살아남을까.

그때였다.

"라이시 바쿠야 에겟노움! 에겟노움!"

통로 끝에서 불빛이 보이더니 우렁찬 목소리가 토굴 가득히 울려 퍼졌다.

나는 쇠사슬을 질질 끌고 쇠창살에 달라붙어 불빛이 보이는 방향을 바라보았다.

머리를 빡빡 민 덩치 큰 배불뚝이 사내였다. 허리띠에 걸려 쩔컹거리는 열쇠 묶음이 제일 먼저 눈에 들어왔다.

반대편 허리춤에는 완만하게 휜 곡도를 차고 있었다. 곡도에는 피가 묻은 것인지 검붉은 액체가 딱딱하게 말라붙어 있었다. 사내는 통로를 돌아다니며 열쇠로 쇠창살을 열었다.

쩔컹—

내가 있는 토굴의 쇠창살도 열렸다. 나를 힐끗 쳐다보고 지나가는 배불뚝이 사내의 눈길에 나는 몸을 부르르 떨었다.

그를 쳐다보니 배불뚝이 사내가 음흉하게 웃으며 킬킬거렸다.

젠장.

심장이 쿵쾅거리며 팔다리가 후들거렸다. 감옥에 갇히게 되면 호리호리하게 생긴 남자들은 남창으로 전락하게 된다는 말을 들은 적이 있다.

감옥 안에 여자는 없고, 지긋지긋한 감옥에 갇혀 성욕을 억누르고 있는 죄수들에게 성욕을 방출할 수 있는 대상은 같은 남자밖에 없기 때문이다.

"으으으! 으으!"

만약 그런 일이 일어난다면 혀를 깨물고 자살하는 게 나을지도 모른다. 그런데 과연 내가 혀를 깨물 수는 있을까.

두려움에 몸이 흠칫흠칫 떨렸다. 무서웠다.

"하……."

나는 깊은 한숨을 내쉬며 철창을 바라보았다. 이제는 정말 돌이킬 수 없는 곳까지 와버렸다.

그때 족쇄가 쩔그럭 하고 아귀를 축 늘어뜨렸다. 이 뜬금없는 상황에 놀란 나는 눈을 동그랗게 뜨며 고개를 쳐들었다.

"뭐지?"

주변을 둘러보니 방구석에 앉아 있던 사내의 족쇄도 풀려 있었다. 사내는 아무렇지도 않게 일어나서 목을 몇 번 주무른 뒤 쇠창살 밖으로 나갔다.

일을 시키기 위해 풀어준 것인가.

나는 손으로 눈물을 닦아내고 일어나 사내를 따라 밖으로 나갔다.

통로 밖으로 나오자 나와 사내 말고도 수많은 죄수들이 줄지어 서 있는 것을 볼 수 있었다.

나는 사내 뒤에 서서 죄수들의 수를 헤아려 보았다. 하지만 통로는 끝이 없어 보였다. 저 안 보이는 어둠 속에서도 죄수들이 줄지어 서 있겠지.

"랄카 비카 바쿠야!"

통로 저 끝에 서서 보이지도 않는 배불뚝이 사내가 우렁차게 외치자 죄수들이 움직이기 시작했다.

나는 그들에게 떠밀려 앞으로 나아갔다. 어디로 가는 것일까. 노예처럼 일을 하러 가는 것일까.

나는 쿵쾅거리는 심장을 부여잡으며 죄수들을 살펴보았다. 대부분의 죄수는 넝마를 걸치고 있었다. 찢어진 넝마 사이로 흉측한 상처들이 보였고, 상처에서는 피고름이 줄줄 흘러나오고 있었다. 팔 한쪽이 없는 죄수도 있었고, 얼굴이 반쯤 뜯겨나간 죄수도 있었다. 또한 그들의 몸에서는 역겨운 냄새가 났다.

반면 나와 같은 토굴에 있던 사내처럼 상처 하나 없는 죄수들도 있었다.

그들은 대부분이 몸이 튼튼했고 팔뚝에 힘줄이 불끈 서 있었다. 걸음걸이가 당당했으며 한 눈에 봐도 강해 보였다. 그들이 지나갈 때는 다른 죄수들이 알아서 몸을 피했다.

강한 자가 살아남고 인정받는구나. 이곳은 약육강식의 세계다.

걷고 또 걸어 마침내 통로의 끝에 도착했다. 통로 끝에는 거대한 철문이 있었다. 철문 앞을 지키고 있는 간수들이 도르래에 매달려 낑낑대며 돌려야 겨우 움직일 정도로 철문은 육중했다.

철문이 열리자 눈부신 햇살이 엄습해 왔다. 나는 눈을 가늘게 뜨며 죄수들을 따라 밖으로 나갔다.

밖은 밀림이었다. 풀 이끼가 뒤섞여 있는 나무와 바위들이 보였다. 힐끗 뒤를 돌아보니 토굴은 자연 동굴 안에 인공적으로 만들어진 것이었다. 철문 주위로 담쟁이넝쿨이 얼기설기 얽혀 있었다.

"로오스 도쿠 빗쌀르!"

배불뚝이 사내가 외쳤다. 나는 긴장하며 주위를 둘러보았지만 죄수들은 하염없이 걷고 있었다.

나는 고개를 푹 숙이며 묵묵히 그들을 따라갔다. 죄수들의 행렬은 끝이 없었고, 목적지 또한 알 수 없었다.

맨발로 밀림을 걷자 발바닥이 쿡쿡 쑤셨다. 뾰족한 돌을 밟을 때는 비명을 지르고 싶었지만 입술을 깨물고 고통을 진정시켜야 했다.

무엇보다도 끈적끈적한 진흙 바닥을 밟는 기분이 소름 끼쳤다. 이 진흙 속에 어떤 독충과 기생충이 살고 있을지 모르는데, 뾰족한 돌에 상처가 난 발바닥으로 이곳을 걷자니 무척 불안했다.

"로오스 도쿠 빗쌀르~! 바쿠야!"

풀 이끼로 뒤덮인 나무들이 점점 보이지 않고 지세가 험준해지기 시작하자 배불뚝이 사내가 다시 소리쳤다.

그때, 내 앞에서 비틀거리며 걷던 죄수 한 명이 앞으로 고꾸라졌다.

그 죄수의 배는 가로로 길게 찢어져 있었는데 제대로 치료받지 못해 피고름이 뚝뚝 떨어지고 벌레들이 우글우글 기어다니고 있었다. 죄수는 창백한 얼굴로 헐떡거리며 도와달라는 시선으로 나를 바라보았다.

내가 어찌할 바를 모르고 있는 사이, 배불뚝이 사내가 성큼성큼 다가오더니 외쳤다.

"에쉬케 베르니카!"

배불뚝이 사내의 으름장에도 불구하고 죄수는 헐떡거리기만 할 뿐 일어날 기미를 보이지 않았다. 그를 잠시 내려다보던 배불뚝이 사내는 씨익 웃더니 허리춤의 칼을 뽑아 단숨에 그의 머리통을 내리찍었다.

퍽—!

그의 머리가 수박처럼 쪼개지며 터져 나갔다. 피와 살점과 뇌수가 사방으로 비산했다. 그 죄수의 앞에 서 있던 나는 순식간에 피범벅이 되었다.

"으으으으으……."

비릿한 피 냄새, 감자처럼 으깨진 죄수의 머리통, 머리가 잘려 나간 상체 위를 기어 다니는 샛노란 애벌레들. 위가 더 부룩해지는 것이 느껴지더니 위액과 함께 위에 들어 있는 내용물이 입 밖으로 쏟아져 나왔다.

"우웨에에엑!"

나는 으깨진 죄수의 머리 위로 토를 하며 털썩 주저앉았다.

팔뚝으로 입가를 슥 닦으며 배불뚝이 사내를 올려다보니, 그는 입매를 비틀어 올리며 곡도를 손가락으로 쓱쓱 쓰다듬었다. 그 모습이 꼭 내 머리통도 으깨 버리고 싶다는 분위기이다.

나는 눈앞의 죄수처럼 머리가 으깨질까 두려워 비틀거리며 일어나 잠시 멈춘 행렬 속으로 다시 들어갔다.

"로오스 도쿠 빗쌀르~"

잠시 나를 바라보던 배불뚝이 사내가 외치자 행렬이 다시 움직이기 시작했다. 죄수의 머리통을 으깨자 신이 난 듯 그의 억양은 굴곡져 있었다.

나는 메스꺼운 속을 달래며 하염없이 걸었다. 죄수의 머리통이 으깨지는 장면이 눈앞에 아른거렸다. 뒤집어쓴 죄수의 피에서 피어오르는 피 냄새와 그 찐득한 느낌에 다시 속이 메스꺼워졌다.

지옥이다. 이곳은 지옥이야. 너무나도 절망적인 상황이다. 과연 내가 이곳에서 살아남을 수 있을까.

CHAPTER **05**
전쟁노예가 되다

눈앞이 핑그르르 돌며 마치 꿈속을 노니는 듯한 느낌으로 시체처럼 걷고 있는데 배불뚝이 사내의 외침이 귀를 파고들었다.

"롬쌀르!"

사내의 외침과 동시에 죄수들이 멈춰 섰다. 나는 가까스로 앞에 서 있는 죄수와 부딪치는 것을 피했다. 그리고 주변을 둘러보았다.

사방이 시체로 뒤덮여 있었다. 시체들 위로 알 수 없는 새들이 빙글빙글 돌고 있었고, 파리와 구더기가 우글거렸다. 몇

십 구의 시체가 구덩이에 파묻혀 불태워지고 있었으며, 거기서 나오는 연기와 살 타는 냄새에 머리가 어지러웠다.

나는 이마를 세게 쳐서 정신을 붙잡은 후, 발끝을 들어 앞쪽을 바라보았다. 아직 포기하기에는 이르다. 아니, 내 사전에 포기란 없다. 끝까지 살아남아야 한다. 두 팔과 두 다리가 잘린다고 해도 기어서라도 움직이고 또 움직여야 한다.

전방을 살펴보니 피 묻은 목책이 가로로 길게 세워져 있고, 목책 가운데에 구멍이 뚫려 있다. 목책에는 횃불이 걸려 있었고 횃불마다 회색빛 피부의 이종족이 창칼을 쥐고 서 있었다. 그들은 단단한 투구와 갑옷으로 무장하고 있었다.

그때였다.

뿌~ 뿌우우우~ 뿌뿌뿌뿌~

목책 사이사이 세워져 있는 망루에서 뿔피리 소리가 울려 퍼졌다. 그리고 뿔피리 소리가 울려짐과 동시에 행렬이 움직이기 시작했다. 죄수들은 줄지어서 목책 밖으로 걸어 나갔다.

마침내 내가 밖으로 나갈 차례가 되었을 때, 입구 앞에 서 있던 이종족이 내게 나무껍질로 만든 투구와 끝을 뾰족하게 간 주먹도끼를 쥐어주었다.

'아아!'

나는 목책 밖으로 펼쳐진 광경에 입을 쩍 벌렸다. 그곳은 전쟁터였다. 나무 투구와 주먹 도끼를 지급 받은 죄수들이 한 무리의 인간들과 싸우고 있었다. 그들은 파란색 바탕에 알 수 없는 동물이 그려진 문장을 방패에 새겨 넣었으며, 조잡한 무장을 하고 있었다.

"저들은 진짜 인간인가."

그때,

퍽—

내가 입구에서 멀뚱히 서 있자 죄수 한 명이 나를 밀치고 지나갔다. 나는 진흙탕 속으로 얼굴을 파묻으며 앞으로 고꾸라졌다.

"크윽!"

나는 코에서 느껴지는 아릿한 통증에 눈살을 찌푸리며 일어났다. 나를 밀친 죄수는 주먹도끼를 쥐고 괴성을 지르며 앞으로 달려나갔다.

전쟁, 전쟁이라니!

눈앞에서 펼쳐진 광경에 머리가 핑그르르 돌았다. 죄수들은 저마다 주먹도끼를 휘두르며 적들의 방패를 내려찍었다. 그들에 비해 훨씬 무장이 조잡했기에 대부분의 죄수는 그들의 칼에 맞고 피를 흘리며 쓰러졌다. 하지만 몇몇은 적들의 공격을 피하고 관자놀이나 정수리를 주먹도끼로 내려찍었다.

그때마다 피가 분수처럼 쏟아져 나왔고, 비명이 허공을 갈랐으며, 살점들이 사방으로 비산했다. 비명과 괴성이 뒤섞인 불협화음이 곳곳에서 울려 퍼졌다.

속이 메스껍다.

나는 광기로 가득 찬 전쟁터를 피해 옆으로 도망쳤다. 주위를 둘러보던 나는 커다란 바위틈에 몸을 쑤셔 넣고 두 손으로 주먹도끼를 꽉 움켜쥐었다. 두려움과 긴장감에 팔다리가 부들부들 떨렸다.

어디서부터 잘못된 걸까?

주먹도끼로 바위를 박박 긁으며 침을 삼켰다. 책과 영상으로만 보고 들었던 전쟁과 실제 전쟁과의 괴리감은 엄청났다. 사방으로 비산하는 살점과 피, 하늘 가득 울려 퍼지는 괴성과 비명, 그리고 광기! 보기만 해도 토가 나올 것 같았다.

"허억, 허억, 허억!"

그때였다.

어디선가 거친 숨소리가 들려왔다. 나는 황급히 몸을 더 안쪽으로 집어넣으며 주먹도끼를 세게 움켜쥐었다.

탁— 탁— 탁—

발자국 소리가 점점 가까워지고 있다. 숨소리는 더욱 거칠어져만 갔고, 그에 따라 내 숨소리도 덩달아 거칠어지기 시작했다.

"누구지? 들킨 걸까?"

주먹도끼를 움켜쥔 두 손이 부들부들 떨렸다.

탁—

이윽고 발자국 소리가 내 앞에서 끊겼다. 나는 혹시 모를 공격에 대비하여 두 팔로 얼굴을 가렸다. 칼이나 도끼 같은 것이 들어온다면 그대로 토막 나겠지만 본능적인 행동이었다.

그때, 피범벅이 된 얼굴이 불쑥 눈앞에 나타났다.

"으아악!"

나는 비명을 지르며 발로 그 얼굴을 걷어찼다. 얼굴이 피범벅이 된 그 사내도 놀랐는지 덩달아 비명을 지르며 뒤로 자빠졌다.

나는 황급히 바위틈 사이에서 빠져나와 젖 먹던 힘까지 다해 뒤로 도망쳤다. 뒤를 힐끗 보니 사내는 파란색 바탕에 동물이 그려진 방패를 가지고 있었다.

"라숨 바크샤!"

잠시 멍을 때리고 있던 그 사내는 이내 괴성을 지르며 나를 쫓아오기 시작했다.

"으아아아아!"

나는 재빨리 다리를 놀리며 도망쳤지만 맨발로 뾰족한 돌을 밟는 고통에 그 속도가 점점 느려지기 시작했다. 뒤를 돌

아보니 사내가 씨익 웃으며 뒤쫓아 오고 있었다. 사내는 튼튼
한 가죽 신발을 신고 있었다.

'이대로 가다간 잡힌다.'

심장이 쿵쾅거리는 것이 귀에서도 느껴졌다. 유례없는 엄
청난 양의 아드레날린 분비에 몸이 뜨거웠다. 나는 주먹도끼
를 쥔 손을 내려다보았다. 아까 죄수의 머리통에서 튄 피에
젖어 두 손은 모두 피범벅이었다.

잡히기 전에 공격이라도 한번 해보자.

나는 커다란 나무 때문에 ㄱ자로 꺾이는 길목을 향해 달려
갔다. 나를 뒤쫓아 오는 사내는 신이 났는지 도끼를 붕붕 휘
두르며 쫓아오고 있었다.

재빨리 길목에 접어든 나는 나무 뒤에 몸을 숨겼다. 몸을
숨기고 주먹도끼를 꽉 움켜쥔 채 휘두를 준비를 했다.

탁— 탁— 탁—

발자국 소리가 가까워진다. 하지만 조금만 더 기다려야 된
다. 내 팔은 짧고 주먹 도끼도 사거리가 짧으므로 일격을 가
하기 위해서는 사내와 거리를 좁혀야 한다.

탁— 탁— 탁!

마침내 사내가 ㄱ자 길목을 돌아 모습을 드러냈다. 나는 사
내가 미처 길을 확인하기 전에 재빨리 눈을 향해 주먹도끼를
휘둘렀다.

뻐억―!

"크아아악!"

주먹도끼의 뾰족한 부분이 정확히 사내의 눈에 꽂혔다. 푸
숫 하고 피가 튀었고, 눈 주변의 살점이 뭉개졌다. 나는 부들
부들 떨리는 손으로 주먹도끼를 간신히 움켜잡은 채 고통에
발버둥치는 사내를 바라보았다.

"끄아아아! 끄아아아!"

사내는 무기도 버리고 손으로 눈을 움켜잡으며 바닥을 뒹
굴었다. 이때가 절호의 기회임을 이성은 인지하고 있었으나
몸이 마음대로 움직이지 않았다. 방금 사람을 공격했다는 충
격과 공포감에 몸이 반쯤 마비된 것 같았다.

으으, 움직여라!

거대 나무와 조우했을 때와 같은 느낌이다. 하지만 한 번
극한의 공포를 겪어봐서인지 다행히 쇼크 상태에서 빠져나올
수 있었다. 나는 천천히 다리를 움직였다. 그리고 팔, 그다음
에는 온몸의 근육을 천천히 움직였다.

꽈악―

나는 바닥에서 도끼를 주워 들었다. 내가 도끼를 주워 들자
고통에 몸부림치던 사내가 나머지 한쪽 눈으로 나를 바라보
며 애걸하기 시작했다. 하지만 나는 그의 말을 하나도 알아듣
을 수가 없었다.

어쩌지?

나는 도끼를 손에 쥔 채 가만히 서서 고민했다. 사람을 차마 도끼로 죽일 수가 없었다. 무엇보다도 손이 떨려서 도끼를 제대로 휘두를 수가 없었다.

"가라."

나는 도망치라는 손짓을 해 보였다. 그러자 사내는 피를 질질 흘리면서도 꾸벅 인사하고는 비틀거리며 수풀 속으로 사라졌다.

"후우."

나는 바닥에 털썩 주저앉아 머리칼을 쥐어뜯었다. 이렇게 계속 쥐어뜯다간 앞머리가 없어질 것 같았지만 머리가 핑글핑글 도는 것이 참을 수가 없었다.

죽지 않는 이상 앞으로 이런 전쟁터에 계속 나가야 할 것 같은데 나는 어떻게 해야 할까? 이대로 도망쳐 버린다면 그들은 나를 잡을 수 있을까? 어차피 전쟁노예에 불과한데 감쪽같이 사라져 버린다면 죽었다고 생각하지 않을까?

부스럭—

'……?'

그때, 수풀이 들썩이더니 두 명의 사내가 모습을 드러냈다. 나는 황급히 사내가 버리고 간 도끼를 움켜잡고 일어났다. 놀랍게도 한 사내는 방금 내가 살려준 사내였다. 그 사내는 언제 가서 구해왔는지 한쪽 눈에 붕대를 감은 채 씨익 웃고 있었다.

"노메!"

나 때문에 애꾸눈이 된 사내가 뭐라 외치며 나를 가리켰다. 그러자 같이 온 사내가 고개를 끄덕이더니 허리춤에서 칼을 뽑아 들었다. 녹이 하나도 슬지 않은 날카롭게 벼린 진짜 칼이었다.

"젠장!"

나는 재빨리 뒤돌아 도망쳤다. 그러자 두 사내가 괴성을 지르며 나를 쫓아오기 시작했다. 발바닥이 까지고 발톱이 뒤집혔지만 고통을 느낄 새가 없었다. 일대일도 아니고 일대 이의 상황에서 저들을 이길 방법은 존재하지 않았다.

"허억! 허억!"

황급히 뛰어서인지 뛸 때마다 왼쪽 옆구리가 아파왔다. 무거운 도끼는 뛰자마자 던져 버렸다. 다행히도 주먹도끼를 아직 쥐고 있었지만 숨이 너무나도 벅차올라 더 이상 뛰는 것이 불가능했다.

나는 숨을 몰아쉬며 멈춰 섰다. 그리고 뒤를 돌아보았다. 두 사내도 숨이 차오르는지 호흡을 가다듬으며 내게 다가오고 있었다. 애꾸눈은 어디서 날카로운 돌을 집어와 움켜쥐고 있었고, 다른 사내는 칼을 붕붕 돌리고 있었다.

젠장, 젠장, 젠장!

아까 사내를 죽였어야 하는데! 하지만 이렇게 생각하면서도 아까와 같은 상황이 다시 온다면 난 사내를 죽이지 못할 것이다. 기껏해야 주먹다짐 몇 번 해보고, 게임 속에서 클릭질로 캐릭터들이나 죽여 봤지 이런 실제 상황은 처음이다.

"오지 마!"

나는 오히려 아직까지 무너지지 않은 내 정신 상태에 감사하며 부들부들 떨리는 손으로 주먹도끼를 획획 휘둘렀다. 애꾸눈 사내는 당한 것이 있어서 그런지 내가 휘두를 때마다 흠칫하며 뒷걸음질 쳤다. 하지만 칼을 든 사내는 시종일관 여유로운 모습을 보이며 점점 내게 다가왔다.

그때, 칼을 든 사내가 갑자기 눈을 빛내더니 칼을 앞으로 내밀었다. 그러더니 날렵한 발걸음으로 땅을 박차고 내게 다가왔다.

쉭—

"으헉!"

나는 가까스로 사내의 공격을 피하고 옆으로 굴렀다. 칼이 보이지 않는다고 느낀 순간 본능적으로 옆으로 굴렀는데 그것이 내 목숨을 구해주었다. 나는 옆구리에 가늘게 베인 상처를 보며 몸을 흠칫 떨었다. 살짝 스쳤는데도 무척 따가웠다.

"으아아악!"

나는 다시 땅을 박차고 뒤돌아 도망쳤다. 날카롭게 벼린 칼을 앞에 두고 차마 싸울 용기가 나지 않았다. 칼은 너무나도 무서웠다. 도끼는 그래도 무겁고 날이 무뎌서 그렇게 겁이 나지는 않았는데, 칼을 상대하자 두려움이 무럭무럭 피어올랐다.

　"로츠모!"

　칼을 든 사내가 짜증난다는 듯이 외치며 뒤쫓아 왔다. 애꾸눈 사내도 다시 괴성을 지르며 나를 쫓아오기 시작했다. 나는 빙 돌아서 아까 그 바위가 있던 방향으로 달려갔다. 이 방향으로 쭉 달려나가다 보면 같은 편을 만날 수 있을 것 같았다.

　"허억! 허억! 헉!"

　숨이 턱 끝까지 차올랐다. 나는 터질 것 같은 가슴을 움켜잡으며 비틀비틀 앞으로 뛰어갔다. 뒤에서 느껴지는 발소리가 점점 가까워지고 있었다.

　"살려줘!"

　나는 수풀을 헤치며 사방팔방으로 소리쳤다.

　그때, 내 앞에 있던 나무 뒤에서 한 사내가 불쑥 튀어나왔다. 갈색 머리칼이 눈앞까지 내려오는 사내, 나와 같은 토굴에 있던 사내다. 그 사내는 누굴 죽이고 얻었는지 양손에 칼을 쥐고 있었다.

　"오, 하나님! 감사합니다!"

나는 활짝 웃으며 사내를 향해 달려갔다. 사내도 내 쪽을 향해 달려왔다.

"정말 감사……."

말을 건네려던 찰나, 사내가 빠른 속도로 손을 휘두르더니,

빡—

나는 목에 강한 통증을 느끼며 정신을 잃었다.

* * *

나는 정신이 서서히 돌아오는 것을 느끼며 황급히 눈을 떴다. 흔들리는 시야 사이로 칼을 휘두르는 갈색 머리칼의 사내가 보였다. 나를 쫓아온 두 병사가 손발을 맞추며 저항해 보지만 사내의 실력이 출중해서인지 둘은 곧 피를 흘리며 바닥에 쓰러졌다.

"끙."

사내는 병사들이 쓰러지자마자 그들의 귀를 한 쪽씩 잘라냈다. 귀를 어디에 쓰려고 하는 걸까? 해치운 적의 수를 나타내는 지표로 사용되는 걸까?

그나저나 나는 왜 쓰러뜨린 거지?

사내는 귀들을 주머니에 넣고는 전투노예들이 힘겨운 전투를 벌이고 있는 곳으로 이동했다. 그리고 나는 그 이유를

알 수 있었다.

퍽—

"끅!"

사내는 일단 거치적거리는 전투노예를 기절시킨 후 노예와 싸우고 있던 병사를 순식간에 해치웠다. 기절당하는 입장에서는 어이가 없지만 나름대로 효율적인 방법이었다.

나는 약간 어지러움을 느끼며 자리에서 일어났다. 그리고 나를 쫓아왔다가 봉변을 당한 시체들에게 다가갔다.

역시 왼쪽 귀만 가져갔군.

사내는 두 병사의 왼쪽 귀만 가져갔다. 변태 같은 취미를 가지고 있지 않은 이상 이 전쟁에서 적군의 귀는 중요한 역할을 하는 것이 틀림없다. 오른쪽 귀는 안 되고 오직 왼쪽 귀만.

나는 바닥에 떨어져 있는 예리한 칼을 주워 들었다. 흡사 아령을 드는 듯한 느낌이다.

상당히 무거운걸.

숙련자가 아닌 이상 자유자재로 휘두르긴 어려울 것 같았다. 칼을 다시 바닥에 내려놓고 내가 사용했던 주먹도끼를 말아 쥐었다. 전쟁터에 들어가 싸울 생각은 아니지만, 적어도 호신용 무기는 있어야 하지 않을까.

일단 나는 적 병사들의 시신에서 신발을 벗겨내서 신었다. 그리고 옷도 벗겨서 몸에 걸쳤다. 어떻게 입는지 모르는 가죽 갑옷이어서 대충 옆구리에 있는 끈을 묶어서 고정시켰다. 신발과 갑옷을 입었으니 자잘한 상처는 안 나겠군.

나는 내가 세운 가설을 확인해 보기 위해 다시 전쟁터로 들어갔다. 격전을 벌이고 있는 이들을 요리조리 피하며 적군의 시체를 확인해 보니 역시나 하나같이 왼쪽 귀가 없었다.

'이 귀는 어디에 쓰이는 걸까.'

일단 싸움이 끝날 때까지 잘 숨어 있어야겠다. 싸움이 끝나면 알 수 있겠지.

해가 어둑어둑 지기 시작하자 암묵적으로 휴전 체제에 돌입했다. 나는 바리케이드 안으로 들어가는 전투노예들 사이에 껴서 같이 들어갔다. 입구에서 전투 노예들은 자신들이 획득한 전리품들을 모두 반납했다. 단, 예외가 있다면 가죽으로 만들어진 것들은 획득이 가능한 것 같았다.

바리케이드 안으로 들어오자 어디선가 요리 냄새가 물씬 풍겼다. 고깃국 비슷한 냄새에 저도 모르게 이끌려 다가가 보니 흰 천막 앞에서 요리사인 듯한 사내가 국을 끓이고 있었다.

헉! 밥이다.

나는 다른 사람들과 함께 국 앞에 일렬로 섰다.

그래도 밥은 주는구나! 다행이다.

아까 실컷 토를 하고 또 도망치며 진땀을 뺐더니 무척 허기가 졌다. 저녁 메뉴를 상상하며 주위를 두리번거리는데 무언가 위화감이 느껴졌다.

나는 앞사람을 자세히 살펴보았다. 그는 찢어진 가죽옷을 입고 있었다. 얼굴은 피곤해 보였다. 그리고 손에 귀를 쥐고 있었다.

귀? 아뿔싸!

재빨리 뒤를 돌아보니 뒷사람도 손에 귀를 쥐고 있었다. 한 개를 가진 사내도 있고, 두 개, 세 개, 귀를 이어서 목걸이로 만든 사내도 있었다.

귀를 내야 식사를 할 수 있는 것인가.

나는 망연자실하며 줄에서 빠져나왔다. 식사를 받는 사람들을 멀뚱히 쳐다보니 역시나 귀를 내고 국그릇을 받았다.

아니, 고기도 있네.

메뉴는 고깃국만 있는 게 아니었다. 잘 구워진 고기도 있었고 빵도 있었다. 고기와 빵은 누가 가져가나 살펴보았더니 역시나 귀를 많이 가진 사내들이 가져갔다. 고기는 귀 열 개가 필요했고, 빵은 귀 다섯 개가 필요했다. 고깃국은 한 개의 귀만 있으면 얻을 수 있었다.

여기서는 귀가 화폐처럼 사용되는구나.

그때, 식사를 나눠 주던 요리사가 험악한 표정을 짓더니 앞에 있는 사내의 면상에 주먹을 날렸다.

"컥!"

주먹을 맞은 사내는 잠시 비틀거리더니 바닥에 풀썩 쓰러졌다. 주먹 한 방에 건강한 사내를 기절시킨 것이다. 요리사는 사내가 가져온 듯한 귀의 냄새를 맡아보더니 지나가던 병사들을 불렀다.

"가이레크!"

병사들은 뭐라 뭐라 지껄이더니 저들끼리 킥킥 웃으며 쓰러진 사내를 데려갔다.

'무슨 일이지?

사내는 귀를 냈지만, 요리사는 사내에게 식사를 주지 않았다. 왜 그랬을까?

잠시 머리를 굴려보니 그 답을 유추할 수 있었다. 저 사내는 적군의 귀가 아닌 아군의 귀를 내밀었을 것이다. 그런데 아군의 귀와 적군의 귀를 어떻게 구별할 수 있다는 말인가!

귀에 문양이라도 있는 것일까? 귀의 모양이 다른가? 그 방법을 알 수는 없었지만 짐작하건대 사내도 속임수를 쓰려다가 적발된 것 같았다.

쉽지 않구나.

나는 머리칼을 쥐어뜯으며 하늘을 올려다보았다. 어둑어둑한 하늘과 보라색으로 물든 구름.

도대체 왜 나는 이곳에 오게 된 것일까. 왜!

주위를 둘러보니 한 무리의 사람이 천막에서 멀찍이 떨어져 앉아 있었다. 그들은 대부분 넝마를 걸치고 있었고, 여기저기서 피를 흘리고 있는 병자들이었다. 아니면 어리거나 흰 수염을 길게 기른 노인들이었다.

나는 힘없는 발걸음으로 그들 무리로 가서 구석에 자리를 잡았다.

여기서 어떻게 살아남지?

아무리 머리를 굴려보아도 답이 나오지 않았다. 이곳에서 탈출하기는 어려울 것이다. 개나 소나 탈출할 수 있게 만들었다면 이곳에 사람들이 있지 않겠지. 게다가 귀를 화폐로 이용하는 것을 보니 일종의 제도가 있다고 할 수 있는데, 사람들은 그 제도에 순응하며 살고 있지 않은가?

그때, 호리호리한 체격의 사내가 내 앞으로 다가왔다. 내 체격과 비슷했지만, 다른 사람과 달리 상처가 별로 없었으며 입고 있는 옷도 넝마보다는 조금 나았다.

"요이츠 베케로 루살메나?"

사내가 말을 걸었지만 당연히 나는 알아들을 수 없었다. 나는 못 알아들었다는 뜻으로 고개를 저었다. 그러자 사내가 씨익 웃었다.

아뿔싸!

나는 멍하니 입을 벌렸다. 멍청한 짓을 하고 말았다. 이곳에서 고개를 젓는 행위가 어떤 의미를 가지는지 생각도 안 해보다니! 잠시 이계에 왔다는 것을 잊어버린 것이다.

"구케로!"

사내가 뒤를 힐끗 보며 말하자, 멍하니 우리 둘의 대화를 지켜보던 자들이 우르르 일어나며 환호하기 시작했다.

"야하스! 야하스! 야하스!"

그들은 하나같이 발을 구르며 울부짖었다. 그리고 우리 둘을 가운데에 놓고 빙 둘러쌌다. 마치 스테이지처럼.

"아, 젠장."

나는 떨리는 시선으로 눈앞의 사내를 바라보았다. 사내는 씩 웃더니 주먹을 앞으로 내밀며 복싱을 하듯 스텝을 밟기 시작했다.

'설마 싸우자는 건 아니겠지.'

하지만 설마가 사람 잡는다는 말이 있듯이 훅 하고 숨을 들이마시는 소리와 함께 사내의 주먹이 날아왔다.

"끄억!"

나는 눈앞이 번쩍하는 것을 느끼며 뒷걸음질 쳤다. 콧등과 미간 사이에 맞았는데 뇌가 윙윙 울리고 코뼈가 시큰거렸다.

"이 미, 미친놈이!"

왜 갑자기 주먹질이지?

나는 연이어 날아오는 주먹을 가까스로 피한 다음 옆으로
물러섰다. 그러자 나와 사내를 빙 둘러싼 자들이 우르르 걸음
을 옮기며 자리를 만들어주었다.

"흐흐, 요이츠."

사내는 비릿한 웃음을 지으며 슬슬 다가왔다.

"씨발!"

사내는 어쭙잖은 건달이 아니었다. 주먹을 내지르는데 그
궤적조차 보이지 않다니. 적어도 싸움할 줄 모르는 일반인의
수준이 아니다.

나는 계속 뒤로 물러섰다.

퍽—!

"윽!"

그러자 관중 중 한 명이 내 등을 걷어차 사내 앞으로 날 밀
쳤다. 사내는 그 틈을 노려 번개같이 다리를 뻗었다.

뻑—!

"컥!"

나는 옆구리가 시큰거리는 것을 느끼며 풀썩 쓰러졌다. 늑
골이 부러진 것 같은 충격과 함께 갑자기 숨 쉬기가 힘들어졌
다. 나는 거칠게 숨을 내뱉으며 사내를 올려다보았다.

"우우우우우!"

관중들은 나에게 야유를 퍼부었고, 사내는 히죽거리며 나

를 비웃었다. 그 낯짝을 보자 갑자기 분노가 치솟았다.

"도대체 왜!"

내가 그들로서는 알 수 없는 언어로 버럭 소리 지르며 일어나자, 사내가 움찔 놀라며 한 걸음 물러섰다.

"도대체 왜 내가 이런 시련을 겪어야 하는 거지?"

이제는 두려움보다는 분노가 치솟았다. 신이라는 존재는 왜 나를 차원이동 시킨 것일까? 그것도 하필이면 말도 통하지 않는 차원으로! 차원이동을 시켜줄 거면 적어도 언어 문제는 해결해 줘야 하는 것 아닌가!

고지대로 날 던져놓았지만 그러려니 하고 살아남았다. 그리고 밀림을 만났지만, 좋아, 해보자 하는 마음으로 살아남았다. 설사와 복통, 고열과 변비에 시달리며 곤충을 먹고 괴물나무로부터 쫓겼다.

그런데 빌어먹을! 이제는 전쟁노예가 된 김에 실컷 두드려 맞아보라 이건가? 그럴 수는 없지!

"훅! 훅!"

나는 거칠게 숨을 뱉으며 사내를 노려보았다. 사내는 빌빌 기던 내가 갑자기 공격 태세를 갖추자 약간 당황한 모습이다.

"사게로!"

사내는 뭐라고 지껄이더니 다시 주먹을 뻗었다. 역시나 꿰적은 보이지 않았지만 나는 사내가 막 주먹을 뻗을 때부터 가드를 올려 상반신을 보호했다.

빡—

주먹은 가드를 빙 돌아서 뒤통수에 꽂혔다. 다시 뇌가 윙윙 울렸지만 꾹 참고 나는 앞으로 돌진했다.

"으아아아!"

내가 괴성을 지르며 달려들자 사내는 당황했는지 손과 발이 어지러워졌다. 하지만 그 파워는 여전해서 사내가 걷어찰 때마다 옆구리와 허벅지, 팔이 벌겋게 달아올랐다.

빽— 빡— 빡—

사내는 계속해서 손과 발을 놀리며 나를 견제했다. 나는 입술을 꽉 깨물며 고통을 내 안으로 밀어 넣었다.

네가 먼저 지치나 내가 먼저 쓰러지나 두고 보자.

로봇이 아닌 이상 계속 공격을 해대면 지칠 것이다. 맞은 부위가 욱신거렸지만 확실히 가드를 했기 때문에 급소는 맞지 않았다.

"훅! 훅! 후욱!"

사내는 거칠게 호흡을 뱉으며 미친놈 바라보듯이 나를 바라보았다. 내가 맞을 때마다 환호성을 지르던 관중들도 벙찐 표정으로 싸움을 지켜보기 시작했다.

"흐흐, 새끼! 누가 이기나 해보자!"

나는 미친놈처럼 입 꼬리를 말아 올리며 다시 사내에게 돌진했다. 사내가 뭐라고 했지만 들리지 않았다.

빡—

사내의 하이킥이 가드를 부술 듯이 쇄도했다.

"끙."

왼팔이 부서질 듯이 아파왔다. 왼팔뿐만이 아니다. 얻어맞은 모든 곳의 뼈마디가 시큰거렸다. 이미 몸은 한계에 다다른 것이다.

포기해, 멍청아!

뼈와 살로 이루어진 몸은 내게 포기를 강요했다. 여기서 더얻어맞으면 어딘가 부러지고 말거라고 경고했다. 하지만 그럴 수 없었다. 여기서 무너지면 사람들이 날 우습게볼 것이다. 그리고 허구한 날 얻어터지겠지.

게다가 눈앞의 사내에게 굴복한다면 지금까지 내가 이겨낸 모든 시련은 그 의미를 잃어버리게 된다. 그럴 수는 없었다. 나를 이곳으로 날려 보낸 신의 엉덩이를 걷어차 줄 때까지 나는 포기할 수 없다.

"으아아아!"

내가 갑자기 괴성을 지르자 사내가 깜짝 놀라며 한 발자국 물러섰다. 나는 그 기회를 놓치지 않고 사내에게 달려들었다. 머리로 복부를 들이받자 사내는 팔꿈치로 내 등을 내려찍기 시작했다.

펙! 펙! 펙!

등뼈가 으스러질 것 같았다. 하지만 나는 물러서지 않고 사내를 껴안아 머리로 그의 횡격막을 압박했다. 사내는 점점 숨 쉬기가 곤란해지는지 더 세게 나를 내려찍기 시작했다.

"이, 이, 이익!"

사내가 무릎으로 나를 차올리려고 했으나 나도 덩달아 다리를 앞으로 내밀어 그의 공격을 차단했다. 확실히 사내와의 간격을 좁히니 상대적으로 덜 맞게 되었다.

"흐흐흐, 큭!"

나는 실성한 것처럼 웃으며 계속해서 사내의 횡격막을 압박했다. 그러다가 옆구리를 맞고 주저앉을 뻔했지만 더욱 세게 사내를 끌어안았다.

펙! 펙!

사내는 손과 발을 휘두르며 저항했지만 그 힘이 점점 줄어드는 것이 느껴졌다. 나는 재빨리 안다리를 걸어 사내를 넘어뜨린 후 위로 올라탔다.

"으하하하! 내 차례다!"

나는 무릎으로 사내의 움직임을 차단한 후 두 주먹을 신나게 휘두르며 사내의 코를 뭉개주었다. 사내는 폐에 무슨 문제가 있는지 횡격막을 압박한 이후로는 체력이 크게 줄어 있었다.

그렇다면 배가 약점인가! 나는 재빨리 일어난 후 사내의 복부를 걷어찼다.

"끄어어어!"

사내는 죽을 듯이 비명을 지르며 땅바닥을 굴렀다. 뭔가 이상해서 그의 윗옷을 벗겨보니 복부에 커다란 상처가 있었다. 딱지가 앉아서 거의 아물고 있었는데 내가 압박하고 걷어차서 다시 피가 흐르고 있었다.

상처가 있는 놈이 신나게도 날 때렸네. 그러고 보니 나도 가슴팍에 상처가 있었는데 다행히 그곳은 한 대도 얻어맞지 않았다.

나는 사내의 복부를 한 번 더 걷어찬 후 완전히 무력화된 그의 목을 꾹 밟았다.

"허억! 허억!"

반격의 희열로 아드레날린이 빠르게 분비된다. 몸의 통증도 거의 느껴지지 않았다. 나는 거칠게 숨을 토해내며 헐떡거리는 사내를 내려다보았다. 사내는 나를 힘겹게 올려다보더니 뭐라고 지껄였다.

"……."

잘 들리지 않았고, 또 들렸더라도 알아듣지 못했겠지만 대충 항복이라고 말했을 것 같았다. 자존심이 강한 자라면 죽이라고 했을지도 모르겠지만, 이종족에 의해 전쟁노예가 된 채로 감옥에 갇혀 생을 연명하고 있는데 지킬 자존심이 어디 있으랴.

나는 쓰러진 사내의 손을 잡고 그를 일으켜 세웠다. 그러자 사내가 고통에 일그러진 어리둥절한 표정으로 나를 바라보았다. 그런데 그때였다.

뿌우우— 뿌우우—

뿔피리가 울렸다. 주위를 둘러보니 어느새 천막은 걷혀 있었고, 노예들은 이동할 준비를 하고 있었다. 뿔피리가 울리자 싸움을 구경하던 노예들도 제자리로 돌아가 대열을 갖추었다.

타이밍 한번 좋군.

나는 사내를 힐끗 쳐다본 후 대열로 들어갔다. 삭신이 쑤신다.

우리는 왔던 길을 다시 되돌아가 그 토굴로 들어갔다. 토굴로 들어가면서 사람들을 살펴봤는데 확실히 인원수가 줄어 있었다. 부상자도 많았고.

내 토굴이 어디였지?

사람들이 망설임 없이 각자의 토굴로 들어가는 것을 보며 나는 내 토굴의 위치를 떠올려 보았다. 하지만 그 토굴이 그 토굴같이 생겨서 도무지 기억나지 않았다. 주위를 둘러보던 나는 나와 같이 지내던 갈색 머리칼의 사내를 발견하고 그를 따라 들어갔다.

역시 살아 있군.

사내의 몸을 힐끗 살펴보니 다친 부위도 없었다. 약간의 생채기 정도가 팔뚝에 나 있을 뿐이다. 사내는 자신이 묶여 있는 방구석에 들어가 앉았다. 그러자 족쇄가 뱀처럼 스르륵 일어나더니 그의 목을 콱 옭아매었다.

마법이구나. 탈출하기 더 힘들겠군.

나는 사내가 했던 것처럼 족쇄 앞에 앉았다. 그러자 역시 족쇄가 뱀처럼 움직이며 내 목을 물었다. 이 크나큰 토굴은 마법적인 메커니즘으로 운영되고 있는 것 같았다. 족쇄도 저절로 움직이고 철창도 저절로 열리는 것을 보니 확실했다.

꼬르륵―

허기에 위가 요동친다. 하지만 이 정도는 버틸 수 있다. 밀림에 있을 때는 이틀 연속으로 굶은 적도 있다. 문제는 이 상태로 계속 버틸 수 없다는 것과 어디선가 수분을 섭취해야 한다는 것이다.

음식을 얻기 위해서는 귀가 필요하다. 하지만 내가 귀를 얻을 수 있을까?

나는 조용히 벽에 머리를 기댔다. 차가운 냉기가 두피 속으로 스며든다. 그리고 뭔가 부드러운 느낌이……

"오."

뒤를 돌아 살펴보니 복슬복슬한 초록색 이끼가 벽에 붙어 자라고 있었다. 동굴이 습하고 기온이 낮아서 그런지 이끼가 곳곳에 보였다. 나는 이끼를 자세히 살펴보았다. 털처럼 생긴 것들이 수북하게 있었고, 그 털을 파헤치자 알 수 없는 점액질이 보였다.

나는 천천히 혀를 뻗어 이끼의 털을 핥아보았다.

할짝―

역시나 털에 수분이 방울방울 맺혀 있었다. 나는 보이는 족족 이끼의 털 부분을 혀로 핥았다. 가끔 수분이 너무 적어서 급하게 혀를 놀릴 때는 점액질에 닿아 토할 뻔하기도 했지만 그럭저럭 수분을 섭취할 수 있었다.

어느 정도 버틸 만하겠군.

나는 벽에 이끼가 자라는 것에 감사하며 다시 자리에 앉았다. 문득 시선이 느껴져서 옆을 돌아보니 사내가 멍한 표정으로 나를 바라보고 있었다. 마치 '저놈은 대체 정체가 무엇일까?' 하는 표정 같았다.

"그렇게 쳐다보지 마. 나도 살아야 된다고."

나는 내 마음대로 말을 지껄이며 조용히 눈을 감았다. 아까 맞았던 부위가 푸르스름해지자 꽤나 아파왔다. 제일 걱정되는 부위는 늑골이었는데 다행히 잠깐의 충격이었던 것 같다.

처음치고 가드를 잘한 것 같아.

일단 위기는 모면했지만 앞으로 어떻게 될지 모르겠다. 내가 쓰러뜨린 사내가 복수하겠다며 무리를 우르르 끌고 와 린치를 가하면 속수무책으로 당할 게 뻔하다.

아휴! 일단 자고 일어나서 생각하자.

*　　*　　*

"제기랄!"

나는 욕을 지껄이며 번쩍 일어났다. 힘겹게 눈을 뜨고 살펴보니 역시나 토굴이었다. 푸른 초원을 뛰어다니는 꿈을 꾸고 있었는데, 갑자기 초원에 구멍이 뚫리더니 나를 집어삼켰다. 비명을 지르며 떨어지고 나니 온몸을 두드려 맞은 듯 통증이 엄습해 옴과 동시에 커다란 쇠창살이 보였다. 갑자기 왜 구멍이? 그리고 깼다.

"어윽."

나는 맞은 부위를 살펴보았다. 퍼렇게 멍이 안 든 곳이 없다. 이 상태로 다시 한 번 싸운다면 이번에는 가드조차 하지 못할 것 같았다.

오늘도 어디 숨어 있어야 하는데.

옆을 살펴보니 사내가 원망스러운 눈초리로 나를 째려보고 있었다. 혹시 내가 '제기랄!' 하고 외치면서 일어나서 덩달아 잠에서 깬 것일까. 그렇다면 미안하군.

"미안."

알아들을 리는 없겠지만 어쨌든 나는 멍이 든 부위를 만지며 뭉친 근육을 풀어주었다. 어젯밤의 싸움 이후로 나는 약간의 활력을 얻었다. 물론 몸은 만신창이가 되었지만, 적어도 여기서 살아남을 수 있다는 자신감이 생겼다.

나는 다시 한 번 반드시 지구로 돌아가고 말겠다는 목표를 상기하며 다시 신선해진 이끼를 꼼꼼하게 핥았다.

할짝— 할짝—

이끼를 모두 핥은 후 심심해서 속으로 백오십 정도를 세었을 무렵, 예의 배불뚝이 사내의 외침과 함께 쇠창살이 열렸다.

"아침부터 싸우는 건가."

족쇄가 쩔컥 하고 풀리는 것을 보며 나는 자리에서 일어났다. 다른 사람들과 함께 밖으로 나와 대열을 맞춘 나는 익숙한 발걸음으로 왔던 길을 되돌아갔다. 이번에도 역시나 대열에서 뒤처지는 사람이 있었다. 수염이 희끗희끗 난 노인이었는데 지금까지 어떻게 살아남았는지 신기할 정도이다.

"페고치니~"

배불뚝이 사내가 뭐라고 지껄이며 노인에게 다가갔다. 같은 상황에 비슷한 어휘를 사용하면 뭔가 유추해서 배우는 거라도 있을 텐데 도무지 알 수가 없었다.

'흠.'

그런데 뜻밖에도 노인은 배불뚝이 사내의 위협에도 굴하지 않고 뭐라고 말하기 시작했다. 그러자 배불뚝이 사내가 코웃음 치더니 사람들을 둘러보며 크게 외쳤다.

"이츠 구레카라 요모이츠?"

도대체 무슨 말을 하는 거야! 머리가 지끈거렸다. 이것이 바로 언어의 중요성이구나. 언어는 정말이지 사회에서 생활함에 있어서 필수적인 요소구나. 바디 랭귀지는 무슨! 그런데 그때였다.

"억!"

뒤에서 누가 내 등을 걷어찼다. 나는 억 소리와 함께 앞으로 쓰러지며 뒤를 돌아보았다. 갈색 머리칼의 사내가 뜻 모를 표정으로 나를 바라보고 있었다.

"뭐야, 설마 내가 이끼를 핥아 먹었다고 이러는 거야?"

분통이 터졌지만 일단 눈앞의 상황을 모면하고 봐야 했다. 나는 황급히 일어서서 배불뚝이 사내를 바라보았다. 사내도 황당하다는 표정을 짓고 있다.

도대체 상황이 어떻게 흘러가는 거지?

나는 그냥 쥐 죽은 듯이 가만히 서 있었다. 그러자 배불뚝이 사내가 나를 향해 뭐라고 외치더니 다시 대열을 이동시켰다.

뭐지? 왜 노인을 안 죽였을까? 나한테 뭐라고 한 걸까?

흠, 배불뚝이 사내도 나름 싱거운 녀석이었군. 처음에는 그렇게 무서웠는데 전쟁터를 직접 경험해 보고 눈앞에서 사람이 죽는 것을 보니 나도 간이 크게 부었거나 적응을 잘하는 것 같았다.

그때, 뒤에 있던 노인이 내 등에 훌쩍 올라탔다.

"뭐, 뭐여!"

나는 황당해서 뒤를 돌아보았다. 그러자 노인이 씩 웃더니 손가락을 튕겼다.

딱—

그리고 말했다.

"안녕하신가?"

"마법?"

내 질문에 노인은 씨익 웃었다. 그러더니 다리를 주무르며 말했다.

"다리가 너무 아프구만. 내 다리가 되어주겠나?"

나는 일단 노인을 업은 채로 재빨리 대열에 합류했다. 노인은 가벼워서 체력적으로 문제될 것은 없었다. 그것보다도 나는 죄수 중에 마법사가 있다는 사실에 놀란 한편, 마침내 대화를 할 수 있는 상대를 찾았다는 사실에 기뻤다.

하지만 그전에 이 노인의 의도부터 파악해야 한다.

"당신은 마법사시군요. 그런데 제가 이방인인 줄 어떻게 아셨습니까?"

그러자 노인이 흐흐 하고 웃으며 말했다.

"칼라일이 이상한 언어를 지껄이는 놈 때문에 머리가 터질 것 같다고 해서 알았지."

"칼라일?"

아무래도 칼라일은 갈색 머리칼의 사내인 것 같았다. 그 외에는 내가 한국어로 정신을 어지럽게 만들 사람이 없지. 추측은 역시 맞았다.

"자네의 토굴 동료 말일세."

"아, 그렇군요."

"그런데 정말 내가 모르는 언어가 있을 거라고는 상상도 하지 못했다네. 혹시 밀림에 사는 원주민인가?"

나는 잠시 뜸을 들였다. 만약 내가 다른 세상에서 왔다고 한다면 이 노인은 어떤 반응을 보일까? 호기심을 보일까? 물론 호기심을 보이겠지. 그렇다면 그 호기심을 어떻게 충족시킬까.

소설책을 읽다 보면 이계에서 만나는 대부분의 사람은 호의적이었다. 그렇다고 이 노인도 그러리라는 법은 없다.

"예, 아마존에서 왔습니다."

"아마존? 그곳은 어디에 위치한 밀림이지?"

"아마존 강이 관통하는 밀림입니다."

그러자 노인은 벙찐 표정을 지었다.

"아마존 강이라……. 그래, 토착어의 고유명사인 것 같군. 어쩌다 이곳에 잡히게 되었나?"

"먹잇감을 찾다가 잡히고 말았습니다."

"그렇구만. 아무튼 즐거운 대화였네그려."

노인은 그렇게 말하더니 등에서 훌쩍 뛰어내려 발걸음도 당당하게 다시 대열에 합류했다. 뭔가 이상한데?

나는 대열 속으로 사라지려는 노인의 팔을 붙잡았다.

"어르신, 저를 좀 도와주십시오."

"내가 왜?"

노인은 무슨 어이없는 말을 하냐는 듯한 표정으로 나를 바라보았다. 그 순간 나는 아! 하고 깨달았다. 그렇다. 이곳은 모두가 생존을 위해 발악하는 약육강식의 전쟁터였다. 이런 삭막한 곳에서 인정과 호의를 기대한 내 잘못이다.

하지만 포기할 수 없었다. 이 노인은 내가 이곳에서 원활하게 생활할 수 있도록 도와줄 수 있는 유일한 사람이다. 물론 마법사가 더 있을 수도 있겠지만 말이다.

나는 노인의 팔을 놓지 않고 말했다.

"뭐든지 시키는 대로 하겠습니다. 한 가지 부탁을 들어주십시오."

"흠, 한번 들어보도록 하지."

"제게 언어를 가르쳐 주십시오."

"언어라…… 대륙 공용어 말인가? 원주민인 자네가 과연 배울 수 있을까? 그다지 영리해 보이진 않은데……."

나는 고개를 숙이며 진심을 담아 말했다.

"제발 제게 언어를 가르쳐 주십시오."

"흠……."

노인은 길게 뜸을 들이더니 갑자기 팔을 확 잡아 빼고는 다시 휘적휘적 걸어갔다. 아니, 뭐 이런 노인이 다 있지? 나는 재빨리 노인을 쫓아가 그의 뒤를 따라다니며 졸랐다.

"어르신! 제발!"

한 열 번쯤 빌었을까. 그제야 노인이 뒤를 돌아보며 말했다.

"좋아. 정말 내가 시키는 대로 하겠다고 했지?"

"물론입니다."

"그럼 자네의 배를 찔러보게."

노인은 품에 손을 집어넣더니 예리하게 날이 세워져 있는 단검을 내게 건넸다. 어떻게 쇠붙이를 이곳까지 들고 왔는지는 모르겠지만 진짜 단검이었다.

나는 손에 단검을 쥔 채 노인을 바라보았다. 노인의 표정에 장난기라고는 없었다. 정말 내게 배를 찌르라고 요구하고 있었다.

"배를 찔러서 제가 죽으면 언어를 배울 수 없지 않습니까?"

"걱정 마. 배에 칼 한 번 찔렸다고 죽겠나? 물론 잘못 찔리면 죽겠지. 하지만 그건 자네 잘못이라네."

나는 단검의 칼날을 바라보았다. 날카로웠다. 정말 날카로웠다. 이걸로 배를 찌른다면 정말 별다른 저항 없이 쑥 들어갈 것 같았다.

언어를 배워야 한다. 하지만 배를 찌르라고? 자기 배를 찌르라고? 어떻게 그게 가능하지? 나는 언어를 배우기 위해 내 배를 찌를 수 있을까?

그런데 그때 노인이 내 손에서 단검을 뺏어가더니 말했다.

"시키는 대로 다 한다면서 못하는구만. 자네에게는 언어를 가르쳐 줄 수 없다네."

"그렇다고 자해를 요구하는 것은 불합리하다고 생각하지 않습니까?"

내 말에 노인이 홱 고개를 돌리더니 눈을 부릅뜨며 외쳤다.

"당연히 불합리할 수밖에! 지금은 자네가 나에게 빌고 있는 입장이 아닌가? 난 자네에게 모든 걸 요구할 수 있고, 자네는 그걸 모두 수용하지 않으면 안 되는 상황이지."

"인정합니다. 하지만 자해 말고 당신에게 더 이득이 될 수 있는 요구 조건이 있지 않습니까?"

그러자 노인이 비웃었다.

"자네가 날 위해서 해줄 수 있는 게 있을까? 살인에 재능이 있어서 나에게 귀를 가져다 줄 수 있는가? 아니면 나를 보호해 줄 수 있는 힘이 있는가? 그리고 보니 원주민이라고 했는데 맨손 격투 하나 할 줄 모르는가? 그렇다면 거짓말을 했다는 것인데, 내가 자네를 믿고 부탁을 들어줄 이유가 있는가?"

노인의 혀는 좀 전의 칼날처럼 예리했다. 나는 무안해져서 그저 고개를 푹 숙였다. 그렇다. 나는 거래의 기본적인 조건도 갖추지 못한 것이다. 내세울 것 하나 없는데 어떻게 요구할 수 있겠는가.

내가 잘하는 게 뭐가 있지? 내가 지금까지 오랫동안 해온 것이라고는 오로지 수능을 위한 공부뿐. 그것도 지구에서나 쓸모가 있지 이계에서는 쓸모가 없다.

약간의 숙련도가 있는 것은 어려운 환경에서 생존하는 것뿐이다. 이리저리 구르고 치이며 악착같이 살아남는 것뿐이다.

이 세상에서 내가 살아남을 수 있을까?

지금까지의 생존은 언제까지나 자연에서 살아남는 것이었다. 언어도 알 필요 없고 세상의 문화 또한 알 필요 없이 불을 피우고 물을 찾고 식량을 구하며 위험한 짐승을 피해 다니기만 하면 되었다.

하지만 이제는 자연 밖으로 나왔다. 인간 세상에 직면하고 말았다. 무자비하게 칼을 휘두르며 인정이라고는 없고 문화는커녕 언어조차 모르는 이곳에서 내가 어떻게 살아남을 수 있을까?

나는 절망에 담긴 시선으로 노인을 바라보았다. 내게 주어진 기회는 이 노인뿐이다. 언어를 배울 수 있는 대상도, 그 언어를 배워 더 나아가 문화를 배우고 이곳에서 살아남을 수 있는 방법을 배울 수 있는 대상은 이 노인밖에 없다.

노인에게서 언어를 배워야 한다. 하지만 어떻게?

노인은 쯧쯧 하고 혀를 차더니 뒤돌아서 걸어갔다.

CHAPTER **06**

무리에 합류하다

"우아아아아아아—!"

나는 다시 주먹도끼와 나무 방패를 들고 전장에 섰다. 어제
의 전투가 끝나지 않았는지 같은 문장을 한 병사들이 눈에 보
였다. 그들의 예리한 칼날과 거대한 쇠망치는 죄수들의 배를
갈라 헤집고 방패를 산산조각 냈다.

퓨슉— 슈슈슉—

이종족들은 죄수들을 인간방패로 쓰고 전방에 화살을 날
렸다. 병사들이 방패를 들고 막아보지만 으레 그렇듯이 몇몇
이 화살에 맞고 쓰러진다.

이종족은 우리를 인간방패 그 이상으로는 취급하지 않는 것 같았다. 어쩌다가 갈색 머리칼의 사내와 같이 강한 사람들이 들어오면 '꽤 좋은 인간방패군'이라고 생각하지 않을까.

그때, 어디선가 비명 소리가 터져 나오기 시작했다. 전쟁터라 비명 소리가 들리는 것은 당연했지만 뭔가 느낌이 달랐다.

이건 단말마가 아니라 정말 공포심에서 우러나오는 비명 소리 같았다.

"끄아아!"

빠악—

비명 소리가 들려오는 곳에는 거대한 군마를 탄 한 명의 기사가 있었다. 이 밀림에 군마를 어떻게 끌고 왔는지 모르겠지만 아무튼 기사였다.

그 기사는 한 손에 메이스를, 다른 한 손에는 거대한 사각 방패를 들고 있었다. 메이스에는 피와 살점이 묻어 있었고 방패에는 다수의 화살이 박혀 있었다.

쾅—!

기사가 방패로 달려오는 죄수의 안면을 강타했다. 그 휘두르는 속도가 무척 빨라 죄수는 공격을 막을 수조차 없었다. 안면에 거센 공격을 맞은 죄수는 풀썩 주저앉았고, 기사의 메이스 한 방에 머리가 퍽 하고 터져 나갔다.

슈슉—

이종족이 화살로 견제해 보았지만 기사의 방패에 맞거나 플레이트 메일에 맞고 튕겨나갔다. 군마 또한 갑주로 덮여 있어서 화살 공격에 아랑곳하지 않고 전쟁터를 헤집고 다녔다.

갑자기 저런 기사가 어디서 나타난 걸까?

그때, 바리케이드가 열리면서 완전 무장을 갖춘 이종족 중 보병들이 나왔다. 그들은 두꺼운 사각 방패를 앞으로 내밀며 기사를 향해 나아갔다.

"으랴아아!"

기사는 막 자신에게 달려드는 겁 없는 죄수의 목을 날려 버린 후 말을 몰아 중보병들을 향해 달려갔다. 점차 말에 가속도가 붙자 마치 모세의 기적처럼 죄수들이 싸악 옆으로 피했다. 역시 기사의 차징은 무서운 것이었다.

"하아앗!"

순식간에 보병들에게 도착한 기사가 메이스를 휘둘렀다. 그리고 메이스가 보병의 목을 날려 버리려는 찰나, 방패 사이로 두꺼운 철창 하나가 튀어나오더니 말의 목을 그대로 꿰뚫었다.

히이이히힝!

말의 목에서 붉은 피가 콸콸 쏟아져 나왔고, 기사는 억 소리와 함께 낙마했다. 중보병들은 방패 사이로 창을 숨겨왔던 것이다.

그들은 낙마한 기사가 일어나기 전에 재빨리 제압한 후 밧줄에 꽁꽁 묶어 다시 바리케이드 안으로 끌고 들어갔다. 전장을 종횡무진 휘젓고 간 기사치고는 어이없는 결말이었다.

나는 기사를 보며 생각했다. 강해져야겠다고. 하지만 아무리 강하다 할지라도 역시 다수의 상대를 이길 수는 없다고.

무리에 속해야 한다.

나는 고개를 옆으로 돌렸다. 나와 같이 멍찐 표정으로 기사가 끌려가는 것을 바라보고 있는 사내가 보였다. 어제 나와 맨손 격투를 했던 사내다.

내가 바라보자 시선을 느꼈는지 그도 나를 돌아보았다.

나는 일련의 소동으로 싸움이 중단된 틈을 타서 사내에게 다가갔다.

사내는 내가 다가오는 것을 보더니 약간의 경계태세를 갖추며 나를 바라보았다.

이 세계의 언어를 모른다. 따라서 대화를 할 수는 없다. 하지만 손과 발을 다 써가며 어떻게든 노력해 보면 적어도 의사는 전달할 수 있지 않을까?

나는 바닥에 쭈그려 앉아서 주먹도끼로 땅바닥에 그림을 그렸다. 우선 졸라맨처럼 사람을 여럿 그렸다. 그리고 어제의 상황을 묘사했다. 구경하는 사내의 무리와 사내, 그리고 나.

사내를 힐끗 올려다보니 뭔가 하면서도 대충 알아듣는 표

정인 것 같았다. 그래서 나는 나를 의미하는 졸라맨을 동그라
미 친 후 사내의 무리 속으로 화살표 쳐서 집어넣었다. 그리
고 다시 그림을 그려 나 또한 사내의 무리 속에 동화되어 사
내의 뒤에 서 있는 것을 묘사했다.

"내가 너의 부하가 되겠다고. 알아듣겠어?"

나는 사내가 알아듣지도 못하는 한국어로 외쳐가며 몸짓
으로 다시 의사를 전달했다. 그러자 놀랍게도 사내가 알아들
었는지 씨익 미소를 지었다.

"오~ 디론사마."

사내는 내 어깨를 툭툭 치며 그렇게 말했다. 그러더니 자신
의 가슴을 가리키며 말했다.

"쿠란."

나는 그것이 이름을 뜻하는 것이리라고 생각했다.

그러고 보니 내 이름을 무엇으로 해야 할까? 이 세계의 단
어 중에는 아는 게 없고, 또 이름을 말한다 한들 이 세계 사람
들이 제대로 발음할 수 있을지도 의문이다.

앞으로 이 세상을 살아가면서 써야 할 이름이다. 신중하게
결정해야지!

하지만 마땅한 것이 없었고, 쿠란은 서서히 의문이 가득한
표정으로 날 바라보기 시작했다. 빨리 정해야 해!

그때, 한 장면이 내 머릿속을 빠르게 훑고 지나갔다. 땅을

구르며 은 화살을 쏘아 보내는 궁수!

"베인."

쿠란을 슬쩍 바라보니 고개를 끄덕이는 것이 보인다. 발음하는 데 이상은 없나 보다.

그때 주변이 소란스러워져서 살펴보니 다시 전투가 벌어지고 있었다.

쿠란은 나무 방패와 주먹도끼를 쥐고 주변을 살펴보더니 한눈에 보기에도 신입 같은 병사를 가리켰다. 그러더니 나보고 따라오라는 손짓을 하며 그 병사에게 달려갔다.

"저 병사를 죽이려는 건가!"

사람을 죽여야 한다. 다리가 후들후들 떨려왔지만 나는 쿠란을 따라 그 병사에게 달려갔다.

쿠란은 공격적인 어조로 병사를 도발하더니 벌써 싸움을 벌이고 있었다. 병사는 격장지계에 당한 듯 얼굴을 붉히며 어지럽게 창을 휘두르고 있었다.

그때, 내가 느끼기에도 지금 싸움에 난입해서 돌도끼를 휘두르면 병사를 쓰러뜨릴 수 있겠다 싶은 타이밍에 쿠란이 나를 보며 외쳤다.

"베인!"

"아씨, 모르겠다!"

독해지지 않으면 살아남을 수 없다. 살기 위해 당연하게 사람을 죽이는 전쟁터에서 착한 척하며 적을 살려두었다가는 바로 뒤통수를 맞는다. 이미 뒤통수를 맞아 죽을 뻔한 적도 있지 않는가.

나는 그렇게 속으로 자위하며 병사의 뒤로 다가갔다. 하지만 그때는 쿠란이 내 이름을 외쳐서 병사가 나의 존재를 알아차리고 뒤를 돌아보는 찰나였다.

병사가 돌아보는 순간 그의 눈동자에 서린 공포를 나는 느낄 수 있었다.

죽음에 대한 공포. 그 눈동자의 떨림이 나에게 전해지는 듯했다.

내 눈동자 또한 그러한 공포로 떨리고 있겠지. 나는 시선을 옮겨 병사의 눈길을 피하며 주먹도끼를 휘둘렀다.

퍽—

주먹도끼의 뾰족한 부분이 병사의 옆구리를 가격하자 병사가 악! 하고 소리를 지르며 털썩 주저앉았다. 옆구리는 병사가 입은 누비 갑옷의 앞판과 뒤판을 연결한 부분이어서 거의 맨살이나 다름없었다.

병사가 쓰러지자 그때를 노려서 쿠란이 그의 투구를 벗겼다. 그리고는 냅다 그의 관자놀이를 향해 주먹도끼를 휘둘렀다.

빡—!

피와 살점이 튀고,

털썩—

병사는 눈에 초점이 흐려진 채 옆으로 풀썩 쓰러졌다. 그러자 쿠란은 능숙하게 병사의 위에 올라타더니 주먹도끼로 병사의 귀를 찢어 품 안에 갈무리했다.

나는 멍하니 서서 그 모습을 바라보기만 했다. 아직 완전히 죽은 게 아닌 듯 꿈틀거리는 병사의 몸. 귀가 찢어지는 순간의 고통을 느끼는지 악귀처럼 일그러지는 병사의 얼굴. 하나 돌아오지 않는 초점.

나는 경련을 일으키는 오른팔을 등 뒤로 숨기며 쿠란을 바라보았다.

"디케프 베인!"

아마 잘했다는 뜻이겠지.

나는 그에게 고개를 끄덕여 보였다. 그러자 쿠란은 다시 주변을 둘러보기 시작했다. 또 다른 신입을 찾는 것이다.

약육강식. 이곳은 약육강식의 세계였다. 죄수들 사이에서도 약한 우리보다 더 약한 신입 병사들.

우리는 그들을 죽이고 살아남는다. 약한 자는 죽고 강한 자는 살아남는다.

전쟁터에 선 순간, 인간의 모든 존엄성은 짓밟힌다. 그 인간의 그 어떠한 잠재적 가치도 짓밟힌다.

따라서 어쩌면 이곳에서 삶과 죽음에 대한 철학적 망상은 필요 없을지도 모른다. 살인을 저지른 것에 대해 고뇌하고 자책하고 두려움에 떨 필요가 없을지도 모른다.

이곳에서 살인은 당연한 것이고, 인간은 고깃덩어리에 불과하니까.

아, 이곳에서 인간의 잠재적인 가치가 있긴 하다. 귀를 얻는다는 전제 하에 이곳에서 인간은 잠재적인 식량 자원이다.

식량.

그래, 나는 사냥감을 죽이는 것이다. 사냥감을 죽여서 식량을 얻는 거야.

젠장!

전투가 끝나고 바리케이드 안으로 돌아와서 처음으로 식사를 배급 받았다.

나는 내 손에 쥐어져 있는 빵을 보고 잠깐 감상에 잠긴 후 본능에 따라 황급히 먹어치웠다.

허겁지겁 빵을 먹는 내가 웃긴지 쿠란이 나를 보며 크게 웃었다.

나는 어색하게 웃으며 쿠란을 힐끗 바라본 후 주변을 둘러보았다. 죄수의 무리 중에서 비주류에 속하는 노인, 아이, 환자들. 그중에서 나나 쿠란처럼 적어도 싸울 때 방해가 되지 않는 전투원은 총 다섯 명이었다.

이 비주류 무리는 전투원들이 전쟁에 나가서 귀를 잘라 얻어온 식량으로 어렵게 살아가고 있었다. 놀랍게도 전투원들은 자신들의 목숨을 담보로 봉사를 하고 있는 것이다.

아까 쿠란이 사람들을 죽이는 것을 보면서 이곳은 철저한 약육강식의 세계라고 망상했던 순간이 문득 부끄러워졌다.

냉정한 세계에도 아직 따뜻한 사람들은 있었다. 그런데 그렇다고 이들의 살인 행위가 정당화될 수 있을까? 아직까지 이런 생각을 하는 나는 애송이인 것일까?

우선 첫 번째 전투원은 쿠란이다. 쿠란은 비주류 무리의 우두머리이며 곱슬거리는 검은 머리칼에 진한 눈썹, 약간 뭉뚝한 콧날에 키는 180㎝ 정도 되어 보였다.

두 번째 전투원은 론이다. 론은 전투원이라기보다는 치료사에 가까웠는데, 마법을 쓰는 것은 아니지만 약초로 이런저런 질병을 치료할 줄 알았다. 머리를 짧게 깎고 눈매가 날카로운 것이 꼭 군인 같았다.

세 번째 전투원은 미네다. 미네는 나처럼 호리호리한 체격에 나이대도 비슷해 보이는 소년이다. 청년이라고 해야 하나. 아무튼 미네는 갈색 머리카락을 길게 길러 포니테일로 묶고 있었으며 전체적인 인상은 여우같았다.

네 번째 전투원은 바햐스다. 바햐스는 검은 피부의 흑인이다. 체격도 크고 근육도 우락부락하고 인상도 험상궂지만, 헤헤 하고 웃으면 그렇게 멍청해 보일 수가 없는 흑인이다. 일단 웃으면 치아밖에 안 보일 정도로 까맣다.

그리고 마지막 다섯 번째 전투원은 바로 내가 되었다.

나는 론, 미네, 그리고 바햐스에게서 환영 비슷한 것을 받았다고 느끼며 빵을 먹었다.

그들은 저마다 나를 보며 한마디씩 던졌는데 물론 알아들을 수 없었다. 쿠란이 그들을 보며 뭐라고 하자 그들도 내가 말을 알아들을 줄 모른다는 것을 깨달은 것 같았다.

나는 그들을 보며 말했다.

"오~ 디론 사마."

그러자 그들이 모두 씨익 웃더니 가슴을 두드리며 똑같이 '오, 디론 사마'로 응수해 주었다. 이 인사말은 가슴을 두드리며 하는 것이로군.

내가 쿠란의 무리에 들어가겠다고 하자 그가 했던 말인데, 대충 환영 인사일 거라고 짐작하고 말했더니 들어맞았다.

나는 우물우물 빵을 씹어 먹으며 그들이 와자지껄 얘기하는 것을 바라보았다.

오랜만에 평화가 느껴졌다. 적어도 내가 이들을 배반하지 않는 이상 이 평화가 깨지지 않겠지.

이들이 나를 순순히 받아 들인 것이 아직 의심스럽기는 하지만.

　나는 수프를 홀짝홀짝 마시는 노인과 환자들을 둘러보았다. 그래, 이들을 먹여 살리기 위해서는 전투원이 하나라도 더 필요하겠지. 그렇다고 하더라도 이들은 나를 완전히 신뢰하지는 않을 것이다.

　하지만 나는 이들의 신뢰가 필요하다. 이들의 신뢰를 얻어서 장차 해결해야 할 문제가 있으니까.

*　　　*　　　*

　내가 쿠란의 무리에 속하게 된 지 여러 달이 지났다.

　쿠란, 론, 미네, 바하스 이 네 명이 나의 주된 대화 상대였는데, 나는 그들로부터 간단한 단어와 그를 이용한 문장을 익힐 수 있었다.

　예를 들어, 싸울 때 '저놈', '싸우자', '도망쳐' 등의 단어를 익혔고, 이를 이용해 '저놈과 싸운 뒤 도망치자' 같은 문장을 익혔다.

　언어를 조금씩 익힌다는 것은 정말 좋았다. 기본적인 자모음은 알 수 없었지만, 문맥상으로 단어나 문장을 파악할 수는 있었기 때문에 시간이 지날수록 그들과 더 많은 대화를 할 수 있었다.

내가 언어를 익히려고 하는 것을 안 쿠란 등은 쉬운 단어와 짧은 문장을 사용하는 등 나를 배려해 주기도 했다. 이러한 배려와 나의 끈질김으로 나는 조금씩 언어를 익힐 수 있었다.

또한 잊어버리지 않기 위해 날카로운 쇳조각으로 나무껍질과 가죽 갑옷에 단어나 문장을 발음대로 새겨 넣어가지고 다녔다.

또 어설프게나마 대화를 하면서 이곳의 상황을 알 수 있었다.

나를 납치한 종족의 이름은 바루스족이었다. 그들은 내가 갇혀 있는 이곳, 에레메스라는 밀림에서 오래전부터 살아온 이종족이었다.

바루스족은 세이브릴이라는 국가를 중심으로 한 연맹과 전쟁을 벌이고 있었는데, 전쟁은 서로가 서로를 모두 죽일 때까지 끝나지 않으며 그 이유는 알 수 없었다. 대충 영토를 차지하기 위해 전쟁을 벌이는 것 같았다.

또 바루스족은 인간에 비해 상대적으로 숫자가 적어서 우리 같은 민간인이나 산적, 용병들을 끌고 와 전쟁노예로 부리고 있었다.

이렇게 전쟁 노예가 되면 도망칠 수가 없었다. 저번에 누군가 도망을 쳤는데 추적대가 단숨에 편성되어 그를 끌고 와 모두가 보는 앞에서 잔인하게 죽였다.

여러 달 동안 지내오며 얻은 것도 많았지만 살인은 여전히 힘들었다. 사람을 찌를 때 느껴지는 그 떨림과 감촉, 그리고 상대가 내지르는 비명은 매 순간마다 내 인격을 파괴시켰다.

사람을 찌른 날이면 밤마다 꿈속에 그들이 나와 눈을 희번덕거리며 내게 좀비처럼 달려들었고, 나는 매일같이 식은땀을 흘리며 깨어났다.

나는 무릎 사이에 얼굴을 파묻으며 바닥을 노려보았다. 언제쯤 악몽에서 벗어날 수 있을까.

"일어나, 개자식들아!!"

복도에 쩌렁쩌렁 울리는 배불뚝이 간수의 목소리.

나는 쿠란에게 물어본 끝에 간수가 아침마다 외치는 말이 무엇인지 알 수 있었다.

끝에 붙어 나오는 말은 아무래도 욕 같았다. 쿠란이 흙바닥에 개처럼 생긴 동물을 그려주면서 얼굴을 괴상망측하게 일그러뜨렸기 때문이다.

쩔컥—

목을 옭아매던 자물쇠가 풀리자 나는 철창을 열고 밖으로 나왔다. 다른 죄수들 역시 철창을 열고 복도로 나온다.

나는 철창 앞에서 잠시 기다리고 있다가 이쪽으로 다가오는 쿠란, 론, 미네, 그리고 바하스를 반갑게 맞이했다.

그들은 나보다 뒤쪽에 있는 토굴에서 지내기 때문에 같이 나가려면 내가 기다려야 했던 것이다.

"오늘… 다른 곳… 간다 …들었다."

내 인사에 가볍게 고개를 끄덕인 쿠란이 날 보더니 말했다. 그가 하는 말을 모두 알아들을 수는 없었지만, 그래도 핵심 단어는 알아들을 수 있었다.

"그렇군."

나는 보다 긴 문장을 만들어서 대답해 주고 싶었지만 어휘력도 부족하고 무엇보다 문장을 만드는 것에 익숙하지 않아 짧막하게 대답할 수밖에 없었다. 이건 마치 영어를 하는 것 같았다.

나는 쉴 새 없이 속사포처럼 터져 나오는 그들의 대화를 들으면서 문장의 구조나 발음 따위를 귀로 익혔다.

이곳의 언어는 기본적으로 영어처럼 '주어, 서술어, 목적어' 순으로 문장을 이루었다. 부사나 형용사도 영어와 같은 위치에서 쓰이는 것 같았는데, 인칭 변화가 너무나 많았다. 인칭 변화라고 해야 할지 시제 변화라고 해야 할지 아직은 잘 모르겠으나 주어 자리에서 비슷한 어근에 어미 부분만 다른 단어들을 자주 들을 수 있었다.

한때 아랍어를 공부한 적이 있는데 그때의 경험이 도움이 되는 것 같았다. 왜냐하면 아랍어의 인칭 및 시제 변화는 사람의 정신을 붕괴시킬 정도로 복잡하기 때문이다. 그런 아랍어를 한번 접해봤으니 생소한 문법의 향연에도 정신을 놓지 않을 수 있었다.

아무튼 우리는 토굴을 빠져나와 밖으로 나왔다. 배불뚝이 간수의 지시에 따라 진열을 맞추고 언제나 그렇듯이 힘없는 발걸음으로 행군을 시작했다.

그런데 쿠란의 말대로 우리는 다른 길을 통해 이동하고 있었다.

이번에는 또 어떤 적을 상대로 전쟁을 벌이려는 것일까? 우리가 날마다 싸우는 평원이 전방인지 후방인지는 잘 모르겠지만, 전투는 항상 소모전이었다.

마치 누가 먼저 물자와 병사가 떨어지는지 대결하는 것처럼 해가 뜰 때 싸우고 좀 쉬다가 다시 싸우기를 반복했다.

"후읍!"

나는 길을 가다가 보이는 적당한 돌을 양손에 쥐고 아령처럼 들어 올렸다.

이곳에서 무시당하지 않으려면 힘이 세야 한다. 힘이 강해지려면 근육을 키워야 하는데 이곳에는 헬스 기구가 없으므로 원시적인 도구를 이용해야 했다.

행군할 때는 아령을 들어 올리고, 낮에는 전투를 하며 뜀박질 및 격렬한 몸 운동을 한다. 밤에는 자기 전에 팔굽혀펴기와 윗몸일으키기로 몸을 단련시킨다. 이렇게라도 단련시키지 않는다면 쿠란과 바햐스, 미네, 그리고 론이 나를 보호해 준다고 할지라도 언제 돌발 상황이 일어나 닥칠지 모른다.

그때 쿠란이 나를 보며 말했다.

"베인… 너의 모습… 웃기다. 개자식?"

끝의 단어는 잘못 알아들은 것 같지만 개자식과 발음이 유사한 것으로 보건대 '인마' 같이 친근함을 표현하는 단어 같았다.

나는 운동하는 거라고 말하려다가 '운동'이라는 단어를 몰라서 잠시 당황했다.

"어… 음……."

머리가 쪼개질 것 같다. 내가 알고 있는 어휘로 문장을 만들려니 정말 힘들었다.

"나는… 몸이… 커진다!"

으아아! 나는 몸이 커진다! 헐크다! 내가 생각해도 어이가 없어서 나는 멍청한 표정으로 쿠란을 바라보았다. 그러자 쿠란을 포함한 론, 미네, 바햐스도 멍청한 표정으로 나를 바라보았다. 모두 자신이 제대로 들은 것인지 귀를 의심하는 것 같았다.

그래, 나 말을 잘 못해.

그때 바햐스가 내가 한 말을 깨달았는지 몸을 들썩이면서 웃어댔다. 그러더니 아직 이해하지 못한 쿠란, 론, 미네에게 원래 내가 하고자 하는 말을 해주었다. 그러자 그들도 이내 박장대소하며 나를 비웃었다.

망할 놈들. 그래도 그것을 가만히 듣던 나는 고개를 끄덕였다. 이렇게 운동하다, 혹은 몸을 단련하다는 단어를 알게 되었다.

"보인다."

그때 킥킥대며 웃던 미네가 앞을 보며 뭐라고 외쳤다. 미네가 바라보는 방향을 향해 시선을 돌리자 어마어마한 수의 천막이 보였다.

천막들 주위로 원을 그리며 바리케이드가 둘러싸고 있었는데 굉장히 튼튼해 보였다. 바리케이드의 입구에는 깃발이 꽂혀 있어 바람에 펄럭이고 있었다.

이와는 대조적으로 우리의 진영으로 보이는 곳에는 대충 만든 티가 역력한 바리케이드가 허름한 천막 몇 개를 둘러싸고 있었다.

그래도 다른 토굴에서 차출된 죄수들까지 모조리 동원된 듯 바리케이드 안으로 사람들이 끊임없이 몰려들고 있었다.

죄수들이 많아지자 그들을 원활하게 제어하기 위함인지 덩치 큰 바루스족들이 창으로 죄수들을 위협하며 수상한 짓을 하지 못하게 제재를 가했다.

이해가 가는 게, 이 정도 인원이면 무장의 불리함을 극복하고 바루스족들을 모두 죽일 수 있을 것 같았다.

"사람들이 엄청 많군."

바햐스가 멍하게 입을 벌리며 중얼거렸다. 바햐스의 말대로 사람들이 정말 많았다. 이렇게 많이 모인 것은 처음 보는 것 같다. 우리가 갇혀 있는 곳 말고도 다른 토굴이 더 있는 것 같았다.

우리는 바리케이드 안으로 들어갔다. 죄수들은 구역별로 나누어져 있었는데 우리 토굴이 있는 구역은 바리케이드의 오른쪽에 서서 대열을 정비했다.

쿠란이 바루스족들의 움직임을 살펴보더니 이내 자리에 털썩 주저앉으며 말했다.

"시작하기까지 시간이 남는다."

우리는 쿠란을 따라 바닥에 앉았다. 다른 사람들도 아직 시간이 남았음을 알아차렸는지 저마다 자리에 앉아 휴식을 취했다.

휴식을 취하는 사이 이종족 병사들이 우리에게 전리품으로 얻은 병장기를 나눠 주었다. 나는 병사로부터 아직 찐득한 피가 묻어 있는 칼과 방패를 받았다.

진짜 칼을 받을 때면 항상 위험한 전투가 벌어졌는데 분위기가 심상치 않군.

"칼 좀 닦고 올게."

나는 바리케이드 뒤로 흐르고 있는 냇가로 발걸음을 옮겼다.

벅벅—

냇가에 앉아서 끈적끈적하게 굳기 시작한 피를 닦아냈다. 전투가 시작되기 전에 닦아내지 않으면 이 피가 어떤 돌발 상황을 일으킬지 모른다. 변수는 항상 제거하는 편이 이롭지.

나는 자갈을 한 움큼 쥐었다. 자갈에 물을 묻혀서 가죽에 문지르면 가죽이 상하긴 하겠지만, 묵은 때와 핏자국은 잘 벗겨진다. 갑옷에 새겨진 단어와 문장이 닳아 없어지지 않도록 조심하면서 물을 끼얹었다.

걷다, 걷다, 달리다, 달리다, 개자식, 개자식……

속으로 단어와 문장을 읊조리며 열심히 가죽 갑옷을 닦았다. 이러니까 꼭 수험생으로 다시 돌아간 기분이다. 그때는 정말 엉덩이에 종기가 날 정도로 앉아서 공부만 했는데.

가죽 갑옷을 다 닦고 피가 묻은 단검도 닦았다. 흐르는 물에 피를 닦아내고 헝겊을 이용해 물기를 잘 닦아냈다. 심한 전투를 겪었는지 이가 몇 군데 빠져 있었다.

"돌에 갈아볼까?"

나는 근처에 있는 돌에 이가 빠진 부분을 갈아보았다.

그가가각—

몇 차례 세차게 갈았더니 이 빠진 부분이 약간 평평해진 것 같기도 하다. 나는 좀 더 날카롭게 갈아서 단검을 가죽 갑옷 안에 갈무리하고 다시 돌아갔다.

"여."

바햐스가 손을 들어 나를 반겼다.

나는 그에게 고개를 끄덕여 준 후 쿠란의 옆에 앉아 불가에 물에 젖은 가죽 갑옷을 말렸다. 그러자 쿠란이 나를 힐끗 보더니 말했다.

"10분 후에 전투가 시작된다."

"알았어."

나는 10분 동안이라도 자기 위해 땅바닥에 대자로 누웠다. 이곳에서는 시간의 단위가 베라, 메라, 네라 이 세 가지 용어를 사용한다.

하지만 다행스럽게도 시간 구분은 지구와 같아서 혼동은 없었다. 대신 밤 12시부터 오전 6시까지를 질럿, 오전 6시부터 낮 12시까지를 바곳, 낮 12시부터 오후 6시까지를 쉬, 오후 6시부터 밤 12시까지를 쿰이라고 불렀다.

그래도 시, 분, 초가 편해서 나는 이놈들이 베라, 메라, 네라로 쑥덕거려도 시, 분, 초로 고쳐 해석하기로 했다.

그때, 조금 눈 좀 붙여보려는데 뿔 나팔 소리가 요란하게 울려 퍼졌다.

뿌— 뿌뿌뿌 우— 뿌잉뿌잉—

그런데 뿔 나팔 소리가 예전에 듣던 것과 달라서 고개를 들어 살펴보니 놀랍게도 중무장을 갖춘 바루스족 중보병들이 바리케이드를 열고 밖으로 나가고 있었다. 심지어 판금 갑옷에 뿔 투구까지 착용한 기사처럼 보이는 바루스족도 몇 명 보였다.

"지원군이라도 온 건가?"

왠지 오늘 전투는 처음부터 끝까지 만만치 않을 것 같았다. 저렇게 준비를 하고 나간다는 것은 적군에 강력한 군대가 지원군으로 도착했다는 뜻이다.

기사단이든 기병이든 우리가 상대할 수 없는 적이 온 것이다.

"몸을 사리자."

쿠란도 그것을 보았는지 굳은 표정으로 말했다. 그러자 바하스가 웃으며 말했다.

"바루스족들이 제대로 무장을 갖추다니 놀라운 일이군!"

"심지어 '케이바크'도 있어. 이번 전투는 가만히 있는 게 좋지 않을까?"

론이 걱정스러운 표정을 지으며 말했다. 미네는 가만히 앉아서 미간을 찌푸리고 있었다. 그리고 나도 미간을 찌푸리고 있었다.

'케이바크?'

케이바크는 '기사'를 의미하는 것일까? 중보병은 저번에 봤으니까 한 번도 못 본 건 저 기사들뿐인데…….

"보리스도 있다."

그때 가만히 앉아 있던 미네가 한마디 했다.

그러자 쿠란, 바햐스, 론이 모두 놀라워하며 자리에서 벌떡 일어났다.

보리스가 뭐지?

나는 고개를 빼꼼히 내밀어 이종족들을 살펴보았다.

중보병, 기사, 그리고 회색빛 로브를 몸에 두른 바루스족이 두 명 있었다.

그들의 얼굴은 후드에 가려서 보이지 않았는데 손에 지팡이 같은 것을 들고 있었다.

보리스는 마법사를 뜻하는 것인가? 마법사 아니면 주술사 겠군.

"적군에 마법사가 있나 보다."

내가 새로 익힌 단어 '보리스'를 이용해서 말하자 미네가 심각한 표정으로 고개를 끄덕였다.

"바루스… 의 마법사는 …와 …하여 어둠의 '크로메스'를 사용하는데 정말 강력하다. 보통 인간 마법사들은 상대하기 가 힘들지."

"…와 …한다고? 정말 악랄한 놈들이군."

나는 머리가 지끈거리는 것을 느끼며 눈을 감았다. 언어의 장벽은 정말이지 너무 높은 것 같았다.

내가 머리칼을 쥐어뜯으며 고심하고 있는 사이, 쿠란 등은 자기들끼리 얘기를 나눴다.

그때 많이 들어본 리듬의 뿔 나팔 소리가 울려 퍼졌다.

뿌— 뿌뿌뿌— 뿌우—

출진이다. 나는 가죽 갑옷을 껴입고 나무 방패를 주워 들고 칼을 뽑아 들었다.

"가자."

우리는 일단의 무리에 섞여서 바리케이드 밖으로 나갔다. 밖으로 나오자 넓은 평원에 도열하고 있는 바루스족 중보병과 기사가 보였다.

기사들은 늑대같이 생긴 동물을 타고 있었는데, 몸집은 거의 곰만 했다. 바루스족 마법사들은 중보병들의 뒤에 서서 두 팔을 하늘 위로 올리고 있었다.

마법을 시전하려는 걸까?

멍하니 바라보고 있는데 뒤에서 간수가 버럭 소리쳤다.

"앞으로 전진!"

간수들의 명령에 따라 우리는 중보병들의 앞에 가서 진형을 갖추었다. 나와 쿠란, 미네, 바햐스, 그리고 론은 무리의 왼쪽 끝부분에 섰다.

"다행히 중앙이 아니라 좌익이군."

나는 안도의 한숨을 내쉬며 평원 너머의 적들을 살펴보았다.

"헉!"

바람에 펄럭이는 십수 개의 깃발. 그 깃발을 들고 있는 중기병들 뒤로 도열해 있는 30여 기의 기병. 그리고 적군 쪽의 하늘만 유독 먹구름이 잔뜩 껴 있었는데, 거기서 천둥번개가 내리칠 때마다 마법처럼 팍! 하고 사라졌다. 마치 어떤 미지의 존재가 번개를 흡수하는 것처럼.

아무래도 마법사 같았는데 그것보다 중요한 것은 우리 죄수들이 맨 앞에 있다는 것. 그리고 적군의 기병들은 차징을 준비하고 있다는 것.

"아……!"

이대로 죽는 건가? 녹채나 창 없이 기병들의 차지 공격을 어떻게 막는단 말인가!

쿠란을 바라보았으나 쿠란 역시 표정을 일그러뜨린 채 적군을 노려보고 있다.

덩치 큰 바햐스도 걱정되는지 혀로 마른 입술을 핥으며 말했다.

"쿠란, 어떻게 하지?"

"벨로어들이 어떤 진형을 짜는지에 따라 다르다. 저들이

…하기를 바라자."

기병이 '벨로어'구나.

그때, 적 진영에서 북소리가 들려왔다.

둥— 둥— 둥—

끊임없이 이어지는 북소리. 마치 심장 박동과 같은 리듬으로 이어지는 북소리에 혈압이 서서히 올라가는 것이 느껴졌다.

둥— 둥— 둥—

두두두두두두두두두—!

북소리와 함께 말발굽 소리가 전장을 울렸다. 하늘이 울리고, 땅이 울리고, 공기가 울렸다. 벌써부터 귓가에 비명 소리가 들리는 듯했고, 창을 내밀며 달려오는 기병들이 순식간에 눈앞에 당도했다.

아, 도망가야 하는데! 도망가야 한다! 저 창에 맞는 순간 온몸이 산산조각 나고 말 거야!

하지만 발이 움직이지 않았다. 꼼짝할 수 없었다. 순간 정신이 혼미해지고 몸에 힘이 풀렸다.

그때, 쿠란이 거친 함성을 토해냈다.

"수그려!"

쿠란의 외침과 동시에 나는 정신을 차리고 앞으로 방패를 내밀었다. 방패를 내밀기 무섭게,

빠직— 뻐억— 뻐억—

"끄아아아아악!"

사방에서 비명 소리가 울려 퍼지고, 뼈와 살이 으스러지는 소리가 귓가를 파고들었다. 나는 방패를 앞으로 내세우고 눈을 감았다.

퍽!

"컥!"

그때 전방에서 강력한 충격이 느껴졌다.

나는 방패와 함께 몸이 허공에 붕 뜨는 것을 느끼며 아래를 내려다보았다.

창에 꼬치 꿰듯이 죄수들을 매달고 기병 한 명이 밑을 빠르게 지나가고 있었다.

털썩!

"끄아아아악!"

나는 반대로 꺾인 손목을 감싸며 비명을 질렀다. 바닥에 떨어지면서 그나마 멀쩡한 왼손으로 낙법을 했는데 왼쪽 팔목도 접질렸다. 그리고 방패가 튕겨 나오면서 이빨에 부딪쳤는데 양쪽 송곳니가 부서진 것 같았다. 목도 엄청난 통증을 호소했다. 목이 홱 돌아가며 인대가 찢어지거나 늘어난 것 같았다.

"끄어억……."

다른 사람이 꿰뚫린 반동과 말에 살짝 부딪치기만 했는데도 이 정도 상처라니.

나는 부서진 이빨 조각을 뱉으며 떨리는 시선으로 손목을 바라보았다.

"ㅇㅇㅇㅇㅇ, ㅇㅇㅇ……."

뇌의 신경이 하얗게 타버리는 듯한 느낌이다.

손목에서 올라오는 엄청난 고통에 나는 몸부림치며 거칠게 숨을 몰아쉬었다. 숨을 쉴 때마다 목 근육이 비명을 토했다.

나는 가까스로 입을 열어 외쳤다.

"쿠, 쿠란, 미네, 바햐스, 론!"

겨우겨우 고개를 돌려 옆을 바라보니 바닥을 꿈틀거리는 산송장이 보였다. 찢어진 배에서 창자가 쏟아져 나오는 사내. 그 사내는 꺽꺽거리면서 불타는 듯한 시선으로 나를 바라보았다.

미네였다.

"미네!"

"커헉!"

미네는 검은 피를 토해내더니 결국 땅에 얼굴을 파묻고 쓰러졌다.

나는 멀쩡한 두 다리로 땅을 엉금엉금 기어서 미네가 있는 쪽으로 갔다.

한 발자국 한 발자국 갈 때마다 상처 부위에서 지옥 같은 고통이 느껴졌으나 이들은 내 동료다. 비록 다쳤으나 동료가 죽어가는데 가만있을 수는 없었다.

"미네!"

나는 고개를 파묻은 미네의 몸을 돌려보았다. 멍하니 풀린 눈동자, 입가를 타고 흘러내리는 피.

"젠장!!"

나는 미네의 눈을 감겨주었다. 그리고 주위를 둘러보았다.

쿠란, 론, 바햐스! 어디 있는 거야!

"허억 허억, 으으아."

나는 주위를 둘러보다가 이내 미네 옆으로 쓰러졌다. 손목을 바라보니 양쪽 손목이 골절된 것 같았다. 손목을 살짝 돌리기만 해도 지옥 같은 고통이 느껴졌다. 목덜미도 상당히 아팠지만 그래도 살살 목을 돌릴 수는 있었다.

끊이지 않는 고통에 입술이 바짝바짝 말라갔지만, 송곳니가 부서지는 충격과 함께 잇몸에서 피가 나와 입술을 적셨다.

나는 그래도 송곳니가 뿌리라도 남아 있고 손목뼈가 아예 부러지지 않았다는 사실에 감사하며 다시 미네를 바라보았다.

미네는 멍하니 풀린 눈동자로 하늘을 바라보고 있었다.

책에서 읽었던, 시야에 초점이 잡혀 있지 않다는 말이 무슨 말인지 알 수 있을 것 같았다. 그리고 점점 차가워지는 몸.

"우와아아아!"

"으아아악!"

순간, 귀가 뻥 뚫리는 듯한 느낌과 함께 사방에서 비명 소리가 들려왔다.

뭔가 멍하고 세상이 조용해서 전투가 끝난 줄 알았는데 아까 전의 충격으로 청각에 일시적인 이상이 생겼던 모양이다.

나는 들판 너머로 달려오는 적군 보병들을 보며 기겁했다. 기병들이 휩쓸고 지나간 자리에는 적군 보병들을 상대할 수 있을 만큼 멀쩡한 죄수들이 존재하지 않았다.

주변을 살펴보니 앞 열의 죄수들은 전멸했고, 중간 열 이후로는 태반이 바닥을 꿈틀거리고 있었다.

"……."

나는 두 다리가 멀쩡하다는 사실에 감사하며 재빨리 일어났다. 몸을 움직이자 양쪽 손목에서 다시 고통이 느껴졌지만 이를 악물고 참았다. 하지만 눈물이 찔끔 나오는 것은 어쩔 수 없었다.

뒤를 살펴보니 기병들과 이종족 보병들이 접전을 벌이고 있었다.

기병들은 대부분 말에서 내린 상태였는데, 대부분이 중무장을 갖추고 있어서 말에 내리는 순간 그들은 중보병이 되었다. 랜스를 버리고 롱소드와 방패를 능수능란하게 사용하는 그들을 보니 차마 그쪽으로 도망칠 엄두가 나지 않았다.

어디로 가지?

나는 다가오는 적군 보병과의 거리를 살피며 황급히 주위를 둘러보았다. 하나 주위에 엄폐물이 없었다.

숨을 곳이 없어!

그때,

슈아악—

"컥!"

나는 왼쪽 빗장뼈 아래로 엄청난 고통을 느끼며 뒤로 풀썩 넘어졌다. 적군 쪽에서 무엇인가가 빠른 속도로 날아와 어깻죽지를 관통한 것이다.

"끄억, 끄어어……."

왼쪽 어깨 아래로 모든 신경과 근육이 비명을 질렀다. 고통이 과부하 걸려 살이 푸들푸들 떨렸고, 가죽 갑옷은 금세 피로 물들었다.

나는 이를 악물며 일어나려다가 적군 보병들이 상당히 가까이 온 것을 보며 눈을 감았다.

지금 일어나서 움직이면 분명히 화살이 날아올 것이다. 아까 전의 공격은 심장을 노린 것 같았는데, 적 궁수는 심장을 맞췄다고 생각할지도 모른다.

"크으으윽……."

나는 어금니를 꽉 물며 서서히 사라져 가는 정신을 꽉 붙들어 맸다. 이대로는 이가 상할 것 같아서 바닥을 뒹구는 물건을 입에 물었다.

꽈악―

그 물건에서는 흙과 피 맛이 났다. 이빨이 파고드는 촉감으로 짐작해 보건대 누군가의 손가락 같았다. 순간 위가 메스꺼워지며 토가 나올 뻔했지만, 침을 삼키지 않음으로써 가까스로 참아냈다.

척척척척―

두근두근.

그때, 보병들의 군화 소리가 들려왔다.

나는 부들부들 떨리는 팔을 진정시키며 호흡을 멈췄다. 심장이 거세게 박동하기 시작했다.

"끄아아악!"

가까운 곳에서 비명 소리가 들려왔다. 그 뒤를 이어 병사들이 킬킬대는 소리가 들려왔다.

나처럼 죽은 척하던 죄수를 죽인 걸까? 두려움에 심장이 쿵쾅거렸다. 순간 아랫도리가 따뜻해지는 듯한 느낌과 함께 지린내가 콧속을 파고들었다.

척척척척—

두근두근두근.

군화 소리가 더 가까워졌다. 창과 칼로 시체를 후벼 파는 소리도 가까워져 갔다. 그에 따라 심장도 날뛰었다.

죽기 싫어!

나는 고통 속에서도 머리를 굴리며 최대한 시체에 가까운 표정을 떠올렸다.

일단 물고 있던 손가락을 혀로 밀어 입가에 살짝 걸쳐 놓았다. 그러자 잇몸에서 흘러나오는 피와 손가락에서 흘러나온 피, 그리고 침이 뒤범벅이 되어 다량의 혼합물이 줄줄 흘러나왔다.

좋아, 할 수 있는 만큼 했다.

척척척척—

마침내 군화 소리가 옆에서 들려왔다.

"화살을 맞은 놈이 어느 놈이지?"

두근두근두근두근.

심장 박동 소리가 터져 나올 듯해 행여나 병사들이 들을까 걱정이 되었다.

푹—

창이 옆에 쓰러져 있는 미녀를 찔렀다.

촤악—

창이 뽑혀 나오는 소리와 함께 다량의 피와 내장기관이 딸려 나왔다. 그리고 서서히 올라가는 창날.

두근두근두근두근두근두근!

그 창날이 나를 향했다.

햇살에 번쩍이는 창날을 보며 실눈을 떴던 나는 눈을 감았다.

이제 끝이구나.

그때였다.

갑자기 창날이 휙 돌아가더니 내 오른쪽에 있는 시체를 푹 찔렀다.

"끄아아아악!"

시체, 아니, 죽은 척을 하고 있던 그 죄수는 고통스러운 비명을 지르며 몸을 꿈틀거렸다.

"하하하, 쉰바카미눔 알아야치룬."

병사는 뭐라고 지껄이더니 창을 뽑아냈다. 그러더니 다시 한 번 죄수를 찔렀다. 죄수는 컥! 하고 단말마를 내뱉더니 이내 조용해졌다.

척척척척!

킬킬거리는 병사의 비웃음소리와 함께 얼굴 위로 군화가 지나갔다. 그리고 또 다른 군화가 지나가고, 또 다른 군화가 지나갔다.

군화가 얼마나 지나갔을까. 서서히 정신이 희미해지는 것을 느낄 무렵, 마지막 군화가 지나갔다.

나는 아찔해지는 정신을 붙들어 매며 천천히 눈을 떴다.

살짝 고개를 돌려보니 보병들이 이종족 병사들과 싸우는 것이 보였다.

챙챙, 으아악 하는 소리도 들려왔다. 심장 박동은 여전히 쿵쾅거렸으나 아까보다는 진정이 되었다.

아, 살았다.

나는 입가에 걸쳐져 있는 손가락과 침, 그리고 피의 혼합물을 뱉어냈다. 입안의 역겨운 것들을 모두 뱉어낸 후 내 옆에서 죽은 척을 했던 죄수를 살펴보았다.

"……!"

그 죄수는 다름이 아닌 늙은 마법사였다. 마법을 써서 살아남았는지 모르겠지만 창에 찔린 상처를 제외하고는 몸 상태가 무척 좋았다. 정말 강력한 방어 마법을 쓴 걸까? 동료를 방패삼아 살아남은 것일 수도 있겠다.

그때, 마법사의 상처에서 흘러나오던 피가 멈췄다. 복부에 사이좋게 양옆으로 뚫려서 콸콸 피를 쏟아내던 상처치고는 지혈 속도가 빨랐다.

"응?"

의아해서 쳐다보고 있는데, 그의 손가락에서 빛이 나는 것을 발견했다.

자세히 살펴보니 그가 끼고 있는 반지가 영롱한 빛을 뿜어내고 있었다. 마법 반지 같았다.

나는 손목에서 올라오는 고통을 꾹 참으며 그의 손가락을 향해 발을 뻗었다. 손을 쓸 수 없으니 발가락을 이용해서 마법사의 반지를 빼 봐야겠다.

신발을 벗고 엄지발가락과 검지발가락을 이용해서 반지를 빼냈다. 그러자 반지에서 빛이 사라지고, 마법사의 상처에서 다시 피가 콸콸 뿜어져 나오기 시작했다.

"오메!"

이 반지는 상처를 치유하는 반지인 것 같았다. 그렇다면 내가 착용해도 상처가 치료될까? 혹시 마나가 필요한 건 아닐까? 판타지 소설에 의하면 마법사는 마나로 마법을 사용한다고 했는데.

밑져야 본전이다.

나는 발가락에 반지를 고정시키고 그나마 반대로 꺾이지 않은 왼손을 이용해 왼손 검지에 반지를 착용했다. 그러자 반지에서 영롱한 빛이 나오더니 온몸에서 느껴지던 고통이 서서히 사라졌다.

"헉!"

마법이 마나 없이 발현되다니! 혹시 이 세계의 마법은 마나 없이 발현되는 것이 아닐까? 예컨대, 사람의 정신력으로 발현된다든가 아니면 생명력을 바탕으로 발현된다든가.

아무튼 입가에 절로 미소가 피어올랐다. 일단 반지의 효능을 믿고 가만히 누워서 상처 회복에 어떤 진전이 있는지 살펴봐야 될 것 같았다.

대박.

CHAPTER **07**

탈출을 시도하다

뜨거운 햇볕이 강하게 내리쬐는 광활한 사막.

모래바람이 사납게 울고 갈퀴가 되어 모래언덕을 휩쓸고 가는 이 험준한 열사의 지역에 일단의 사람이 모여 있었다.

그들은 하나같이 두꺼운 로브를 두르고 있었는데 덥지도 않은지 후드까지 뒤집어쓰고 있었다.

"집회를 시작하겠습니다."

그들의 중앙에 서 있는 사내가 고개를 들며 말했다.

어둠이 커튼처럼 드리워져 있는 그의 후드 안에서 붉은 아지랑이가 아른거렸다.

"북부입니다."

목소리로 짐작하건대 여성인 듯한 자가 손을 들었다. 중앙의 사내가 고개를 끄덕이자 그녀가 천천히 말을 이어갔다.

"북부의 장벽에 배치되어 있던 4사단의 병력이 동쪽을 향해 출진했습니다. 그리고 알바흐레골이 다수의 10형을 양산해 내기 시작했습니다."

"10형이라……. 이놈들 사이에 권력 다툼이라도 일어난 건가. 양산 목적을 알아내 보도록 하시오."

"이미 제 수하들을 풀어 알아보고 있습니다."

"훌륭하오."

그녀가 고개를 숙이며 손을 내리자 덩치가 황소만 한 사내가 손을 들었다.

"동부입니다. 4사단의 병력은 알비올레스의 2사단과 세 번의 접전을 벌인 후 다시 북부로 돌아갔습니다. 수장님의 말씀대로 알바흐레골과 알비올레스가 권력 싸움을 하고 있는 것 같습니다."

"동부도 사람을 더 풀어 알비올레스의 감시 단계를 두 단계 올리시오."

"알겠습니다."

거구의 사내가 손을 내리자 중앙의 사내가 왼쪽으로 고개를 돌렸다. 그의 왼쪽에는 꼬마처럼 키가 작은 자가 있었다.

사내의 시선을 느꼈는지 그자가 번쩍 손을 들며 말했다. 그러자 놀랍게도 후드 안쪽에서 가느다란 음색의 목소리가 흘러나왔다.

"앗, 서부입니다. 알아란에게서는 특별한 점을 찾아볼 수 없었습니다."

"그렇다면 '그들'과 '그'의 현재 상황은 어떠한가?"

"그는 안배대로 움직이고 있습니다. 여전히 놀라운 재능을 보여주고 있죠. 다만 120번과 89번이 사망하였습니다. 이로써 현재 살아남은 자는 그 외에 다섯 명뿐입니다."

그의 보고를 듣고 중앙의 사내는 팔짱을 끼며 침음했다.

"고작 석 달 만에 여섯 명을 제외한 모든 인원이 사망하다니, 인원 확충에 대해 고심해 볼 필요가 있을 것 같소."

그러자 서부가 다시 손을 번쩍 들며 말했다.

"서부입니다. 그가 워낙 잘 성장하고 있어서 인원 확충은 필요 없을 것 같습니다. 또한 그에 대한 예비 후보로 적당한 이들이 있습니다."

"예비후보가 아닌 이들은 어떻소?"

"그들은 놀랍게도 하급 단계의 안배를 배정했는데도 불구하고 살아남았습니다. 그런데 어떤 자는 안배를 받지 못하여 부하 한 명이 한 번 운명에 개입했다고 합니다."

"흠, 안배를 못 받았다면 한 번쯤은 개입해도 되지. 아무튼 안배는 계획대로 진행시키도록 하시오."

"알겠습니다."

중앙의 사내는 팔짱을 풀고 북부, 서부, 동부를 한 번씩 쳐다보았다.

"모두 수고가 많소. 그날이 올 때까지 최선을 다합시다."

"그날을 위하여!"

그리고 그들의 외침이 사막에 울려 퍼진 순간, 그들은 언제 사막에 있었냐는 듯 바람처럼 모습을 감추었다.

*　　　*　　　*

더 이상 고통이 느껴지지 않는다.

나는 자유자재로 돌아가는 손목을 보며 놀라움을 금치 못했다. 또한 인대가 늘어난 목도 헤드뱅잉이 가능할 정도로 완치되었다.

비록 오랜 시간이 걸리긴 했지만, 상처 회복 수단을 얻었다는 것만으로 뛸 듯이 기뻤다.

상처가 회복되자 반지에서 뿜어져 나오던 빛은 사라졌다. 빛이 사라지자 반지는 마법 반지가 아니라 쓸모없어 보이는 싸구려 구리 반지로 변모했다.

아직 하늘이 나를 버리지 않았구나.

나는 전투가 소강상태에 들어간 틈을 타서 바리케이드를 향해 냅다 뛰어갔다. 물론 이대로 도망칠 수도 있었다. 사실 강한 갈등이 일었다. 하지만 추적대가 마음에 걸렸다. 지금은 바루스족도 출혈이 큰 상황이긴 하지만 추적대는 편성할 수 있을 것 같았다.

내가 바리케이드 쪽으로 다가가자, 바리케이드 위에서 경계하고 있던 바루스족이 활시위를 당기며 뭐라고 외쳤다.

"나는 죄수요."

그러자 바루스족이 알아들은 듯 눈을 동그랗게 뜨며 나를 내려다보았다. 그리고 바리케이드 문 옆에 나 있는 쪽문이 열리더니 칼을 찬 바루스족이 내게 다가왔다.

쿵쿵.

바루스족은 내 목덜미에 코를 대고 냄새를 맡더니 활을 겨누고 있는 바루스족에게 고개를 끄덕여 보였다. 그러자 그 바루스족이 놀랍다는 표정을 지으며 화살을 다시 화살 통에 집어넣었다.

나는 칼을 찬 바루스족을 따라 바리케이드 안으로 들어갔다.

안으로 들어오자 나 외에도 다수의 생존자가 보였다. 그중에는 나와 동료들이 보살피던 약자들은 없었다. 하나같이 근육질 몸매에 전장에서 주운 무기를 하나쯤은 들고 있는 전사였다.

"응? 베인?"

"쿠란!"

그때, 생존자들 사이에서 아는 얼굴이 보였다. 바로 쿠란이었다.

나는 쿠란에게 다가가 물었다.

"바햐스는? 론은?"

그러자 반가워하던 쿠란이 침울한 표정으로 말했다.

"바햐스와 론은 죽었다. 혹시 미네를 보았나?"

"미네도 죽었어."

나와 쿠란은 다른 생존자들과는 좀 떨어진 곳에 가서 앉았다.

죄수의 대부분이 죽어서인지 식사가 공짜라며 쿠란이 빵과 죽을 내게 건네주었다.

나는 죽에 빵을 찍어 한 입 베어 물었다. 많이 친하지는 않았지만 그래도 내게 공용어를 가르쳐 주고, 싸우는 법, 부싯돌을 이용해 불을 피우는 법 등을 가르쳐 준 동료들인데 이제더 이상 못 보게 된다는 것을 깨닫게 되자 기분이 울적해졌다. 전쟁 중에는 상황이 워낙 위급하고 긴장감이 극에 달해슬퍼할 여유가 없었던 것이다.

하마터면 나도 죽을 뻔하지 않았던가? 운 좋게 마법사의 시체를 찾아 반지로 상처를 회복하지 않았더라면 죽었을지도 모른다.

아무튼 재생의 반지를 얻어서 매우 든든했다. 죽을 먹고 배가 아픈 것을 보니 내상은 치료하지 못하는 것 같았지만, 그래도 외상은 거의 완벽하게 치유되는 것 같았다. 안타깝게도 부서진 송곳니도 재생되지 않았다.

나는 송곳니를 만져보았다. 반이 넘게 부서져 뿌리를 포함해 조금밖에 남지 않았다.

정상적인 치열을 가진 사람이었다면 앞니가 부서졌겠지만, 나는 뱀파이어처럼 송곳니가 길고 약간 앞으로 튀어나온 기형적인 치열을 가지고 있었다. 그래서 교정해 볼까 생각도 해보았는데, 만약 교정을 했더라면 앞니가 부서졌겠지. 그러면 영락없이 맹구가 되었을 것이다.

나는 묵묵히 빵을 씹어 먹는 쿠란을 바라보았다.

"쿠란, 우리는 어떻게 되는 거지?"

"이번 전투는 바루스족에게도 힘들다. 저들은 …의 …인 세이브릴의 병사들이다. 후퇴하거나 이곳에서 모두 죽겠지."

그때, 뭔가 생각하는 듯 미간을 찌푸리고 있던 쿠란이 그릇을 내려놓으며 나를 바라보았다.

"베인."

"응?"

쿠란이 조심스럽게 주위를 둘러보더니 작은 목소리로 말했다.

"이곳에서 벗어나야겠다."

나는 예상외의 말에 놀라 입을 쩍 벌렸다. 이곳에서 탈출하겠다고?

물론 나도 처음에 그런 생각을 하긴 했다. 하지만 마법사인 그 노인과 강력한 무력의 소유자였던 갈색 머리 사내도 이곳에 머물러 있다. 그것은 강력한 힘을 지닌 그들조차 추적대를 무서워한다는 뜻이었다.

"가능해?"

내가 서툰 대륙 공용어로 묻자 쿠란이 고개를 끄덕였다.

"위험하지만 가능하다. 베인, 네가 혼자 밀림을 돌아다녔다고 했지? 그건 네가 위험을 잘 감지하고 또 끈질기다는 뜻이다."

나는 대충 문맥을 파악하고 고개를 끄덕였다. 그러자 쿠란이 눈을 빛내며 말했다.

"이곳에서 벗어나자. 내가 아는 사람이 예전에 벗어났다."

"……!"

이곳에서 벗어난 사람이 있다니! 나는 의혹만으로 가득 찼던 마음속에서 약간의 희망이라는 싹이 자라는 것을 느낄 수 있었다.

쿠란은 나를 보더니 고개를 끄덕이며 말했다.

"쉽지 않다. 하지만 너와 내가 힘을 합친다면 해낼 수 있다."

나는 잠시 고민했다.

이곳에서 벗어날 수 있으면 더할 나위 없이 좋다. 쉬바쿰 밖으로 나가면 언어를 더 자세히 배우고, 지구로 돌아갈 방법을 찾을 수 있을지도 모른다.

하지만 반대로 세상으로 나가 어떤 해코지를 당할지 예측할 수 없다. 이방인이라고 맞아 죽을지도 모르고, 언어를 모르니까 그에 따르는 불이익이 엄청나겠지. 당분간 사회생활은 못할 것이다.

또한 만약 탈출에 실패한다면? 탈출에 실패한다는 것은 이 종족의 손에 결국 잡히고 만다는 것인데, 잡힌다면 그들은 나와 쿠란을 잔인하게 죽일 것이다.

"끙."

탈출에 대한 페널티가 너무나 컸다. 하지만 마음속에서는 자유에 대한 갈망이 꿈틀거리고 있었다.

이곳을 벗어나고 싶다! 이곳을 너무나도 벗어나고 싶다!

나는 갈등하다가 결국 결정을 내렸다.

"좋아, 벗어나자. 방법은?"

내가 묻자 쿠란이 품 안에서 뭔가를 꺼냈다. 그것은 천 뭉치였는데, 그 천 뭉치 안에는 빵이 한 가득 들어 있었다.

설마 오늘 받은 분량이 그만큼은 아닐 테고, 그렇다면 오래 전부터 탈출을 생각해서 지급 받은 빵을 조금씩 모아왔다는 건가?

놀란 눈으로 쳐다보는 내게 쿠란이 낮은 목소리로 말했다.

"너도 챙겨라. 오늘 밤 떠난다. 방법은 이따 보면 알게 될 거다."

*　　　*　　　*

밤이 되었다.

요사스러운 빛을 뿜어내는 보랏빛 행성이 하늘 높이 걸렸다. 그 빛에 반짝이는 별들도 푸르스름한 빛을 반사하고 있었다. 밀림을 돌아다닐 때는 보랏빛 행성이 밝은 빛을 내서 참 좋았는데, 이렇게 탈출하게 되는 입장에 처하고 보니 그렇게 원망스러울 수가 없었다.

나는 엄폐물 하나 없는 들판을 쿠란이 어떻게 들키지 않고 지나갈지 정말 궁금했다. 더군다나 밤하늘이 이렇게 밝은데 말이다.

아무튼 나는 품속에 단검을 갈무리하고, 왼손에는 방패를, 오른손에는 빵을 쓸어 담은 천 뭉치를 들고서 쿠란을 기다렸다.

몇 분 기다렸을까?

어둠 속에서 조심스럽게 다가오는 쿠란이 보였다.

쿠란도 나와 마찬가지로 방패와 천 뭉치를 들고 있었다.

쿠란은 나를 보더니 말했다.

"따라와."

나는 고개를 끄덕이고 그의 뒤를 따라갔다.

쿠란은 바리케이드 안의 한쪽 구석으로 이동했다. 그 와중에 잠을 자고 있는 다른 죄수들을 깨우지 않기 위해 고양이걸음으로 살금살금 움직였다.

나도 최대한 기척을 내지 않기 위해 조심하며 그의 뒤를 따랐다.

쿠란이 바닥에 무릎을 꿇고 땅을 파기 시작했다.

설마 지금 땅을 파서 밖으로 나가자는 건가?

퍽—

그때, 몇 번 파지도 않았는데 흙바닥이 푹 꺼지며 겨우 비집고 들어갈 만한 구멍이 모습을 드러냈다.

언제 이 구멍을 파놓은 거지? 내가 고개를 갸우뚱하며 쿠란을 쳐다보자 쿠란이 침울한 표정을 하며 말했다.

"바햐스, 미네와 함께 판 것이다."

나는 알았다는 뜻으로 고개를 끄덕였다. 그런데 문득 어떤 생각에 미쳤다.

바햐스와 미네? 그렇다면 론과 나는 왜 불러서 같이 파지 않았지? 설마 론과 나는 전투력이 그들에 비해 부족하니까 우리를 버리고 가려 했던 것일까?

"뭐해, 베인? 이것을 몸에 발라."

쿠란이 내게 흙을 한 움큼 파서 건넸다. 나는 경계심을 가져야겠다고 생각하며 흙뭉치를 받아 들었다. 이걸로 뭘 하라는 건지 몰라 쿠란을 쳐다보니, 그는 몸 구석구석에 흙을 바르고 있었다.

아하, 위장술이군.

나는 방패와 천 뭉치를 내려놓고 몸 곳곳에 흙을 발랐다. 흙은 검은색을 띠고 있고 약간의 점성도 있어서 몸에 바르면 쉽게 붙는데다가 살이 반사해 내는 빛도 잘 차단해 줄 것 같았다. 나는 쿠란의 준비성에 감탄하며 다시 그를 쳐다보았다.

이번에 쿠란은 근처에서 자라는 풀들을 뽑아 몸에 붙이기 시작했다.

나는 크게 고개를 끄덕이며 그를 따라 몸에 풀을 붙였다.

흙에 점성이 있어서 풀은 잘 붙었다. 이렇게 풀과 흙을 몸에 묻히고 밖으로 나가면 엄폐물이 없는 들판을 들키지 않고 지나갈 수 있을지도 모르겠다.

꽤 괜찮은 위장술이군.

흙과 풀로 온몸을 도배하자, 쿠란이 나를 보더니 고개를 끄덕이고 땅 구멍 속으로 들어갔다.

그의 발이 다 빠져나가는 것을 보고 나도 구멍 속으로 들어갔다.

윽, 정말 비좁군.

나는 열심히 기어서 밖으로 빠져나왔다. 그리고 근처의 풀을 뽑아 땅 구멍을 기어 나올 때 떨어진 부분에 다시 붙였다.

"가자."

우리는 달팽이처럼 천천히 땅바닥을 기어갔다. 풀이 높게 자란 곳을 따라 이동하며 간간이 뒤를 돌아보니, 보초들은 대부분 졸고 있거나 딴짓을 하고 있었다.

확실히 치열했던 전투가 벌어졌던 날인 만큼 피로에 찌든 것 같았다. 게다가 사방이 확 트인 곳이니 적군이 밤을 틈타 기습을 해온다 하더라도 바로 알아차릴 수 있을 터. 경계를 게을리 할 수밖에 없었다.

나는 새삼 쿠란에게 감탄하며 그의 뒤를 열심히 따라갔다.

그때, 땅을 짚으려고 앞으로 뻗은 손에 뭔가 딱딱하고 차가운 것이 닿았다.

고개를 들어 살펴보니 썩어가는 어떤 병사의 발이었다. 하얗게 변색된 그 발의 절단면에서는 구더기가 들끓고 파리가 웽웽거리고 있었다.

"윽."

나는 구역질이 올라오는 것을 가까스로 참으며 발을 피해 옆으로 이동했다.

그렇다. 이곳은 전쟁터였다! 우리는 이 들판을 가로질러 가야 하므로 앞으로 수많은 시체를 보게 되겠지.

나는 구더기와 파리, 피 웅덩이로 가득 찬 들판을 기어가야 한다는 생각에 몸을 부르르 떨었다. 이건 영화 '쇼생크 탈출' 보다 더하면 더했지 그에 못하지 않았다. '쇼생크 탈출'의 주인공은 감옥에서 탈출하기 위해 하수관에 구멍을 내서 그 안으로 들어가 밖으로 빠져나간다. 즉, 각종 오물로 가득 찬 하수관을 기어나간 것이다.

작년에 그것을 보며 참 대단한 근성이라고 생각했는데, 누군가 나를 보면 그 사람도 내가 참 대단한 근성을 가지고 있다고 생각하겠지.

그럼 나는 그 사람을 보며 힘차게 고개를 끄덕여 주고 싶다. 내가 강점으로 내세울 만한 것은 근성밖에 없다. 능력이 없으면 근성이라도 있어야지.

아무튼 나는 쿠란과 함께 들판을 기고 또 기고 또 기었다.

*　　　*　　　*

"웃기는 놈들이군."

회색빛 피부에 섬뜩한 검은 눈동자를 가지고 있는 바루스 족 두 명이 바리케이드 위에 우두커니 서 있었다.

"당장 잡아들일까요?"

그중 허리춤에 기다란 곡도를 차고 브레스트 아머를 착용한 바루스족의 투사 벨르모쉬는 입가를 말아 올리며 씨익 웃었다.

"아니다. 약간의 희망을 주는 것도 좋겠지. 그 희망이 서서히 커져서 '아, 드디어 탈출이구나'라고 생각하게 될 때쯤 잡아들이면 재미있을 것 같구나."

"역시 벨르모쉬님이십니다. 그렇다면 감시병이라도 붙일까요?"

"이번에 새로 온 애송이를 감시병으로 붙여. 전투에 도움은 안 되지만 근성은 괜찮은 녀석이니까 감시병으로 제격일 거야."

"알겠습니다."

바루스족 전사는 벨르모쉬에게 읍한 후 재빨리 계단을 내려갔다.

벨르모쉬는 들판을 기어가는 두 명의 사내를 바라보며 다시 피식 웃었다.

제법 괜찮은 위장술이었고, 도망치는 시기도 적절했다. 하지만 자신이 보초를 설 때 도망친 것은 치명적인 실수였다.

자신의 이름은 벨르모쉬, 바루스어로 '매의 눈'이라는 뜻을 가진 이름을 왕으로부터 하사 받은 투사 중의 투사다. 그런 나의 감시를 뚫고 도망치려고 하다니.

"나중에 보자, 어리석은 인간들이여."

* * *

"……."

한 사내가 바리케이드 앞에 서 있었다. 그는 자신의 발밑으로 뚫려 있는 구멍을 바라보았다. 그 구멍은 방금 전 쿠란과 베인이 빠져나간 구멍이다.

사내는 품속에서 두루마리를 꺼내더니 화살촉으로 그 안에 알 수 없는 기호를 새겼다. 그리고는 두루마리를 바리케이드 너머로 휙 던졌다.

잠시 뭔가 생각하던 그는 이내 뒤로 돌아 노예들이 잠을 청하고 있는 천막으로 걸어갔다.

바리케이드의 그늘 밖으로 걸어가자 보라색 행성 아래 그의 모습이 드러났다.

그는 마법사를 따라다니던 갈색 머리칼의 사내, 칼라일이었다.

칼라일은 자신을 비추는 보랏빛 행성을 힐끔 바라본 후 조용히 자리에 누워 눈을 감았다.

＊　　　＊　　　＊

"허억! 허억!"

나는 거친 숨을 몰아쉬며 고개를 들어 앞을 살펴보았다. 아직도 많이 남았군.

한숨을 내쉬자 머리가 어질어질했다.

입술을 깨물어 정신을 차린 후 힘겹게 한 걸음 더 앞으로 기어가자 앞서 기어가던 쿠란이 살짝 손을 드는 것이 보였다. 정지 신호다.

"어윽."

나는 대자로 엎어져서 뻣뻣해진 전신 근육을 풀어주었다.

전쟁터였던 들판은 정말 광활했다. 수많은 죄수와 병사가 전투를 벌이고, 기병들이 원활하게 차지 공격을 할 수 있으려면 적어도 축구 경기장 두 개는 합쳐 놓은 넓이가 되어야 한다. 거기다가 바로 들판에서부터 기어간 것이 아니라 바리케이드에서부터 기어갔으니……

문제는 또 있었다. 팔다리가 아픈 것뿐만 아니라 들판에서는 지독한 냄새가 났다.

바로 시체 썩는 냄새.

적군에서는 사상자의 시신을 수습해 갔지만, 무자비한 이 종족은 자기 종족의 시신만 쏙 빼가고 죄수들의 시신은 그대로 방치했다. 그 시신이 계속 썩어서 지독한 악취와 시독을 내뿜고 있는 것이다. 뿐만 아니라 대부분 차지 공격에 당해 사망했으니 시체가 온전할 리도 없었다.

나는 눈앞을 굴러다니는 눈알을 바라보며 미간을 찌푸렸다.

데굴데굴─

처음 들판에 들어왔을 때는 헛구역질을 몇 번 하다가 진짜 토를 한 바가지 하기도 했다. 피 웅덩이에서 스멀스멀 나오는 냄새, 시체 썩는 냄새, 구더기에서 나는 악취까지 도저히 참을 수가 없었다.

또 곱게 죽지 못한 자들. 내가 공포에 질려 오줌을 쌌던 것처럼, 애송이 죄수들과 병사들은 죽기 전에 대소변을 지렸다. 그 냄새가 뒤섞여 공기 중에 확산되고 있는 것이다.

대소변을 지린 병사의 하반신을 보고 강력한 위의 소유자인 쿠란조차 헛구역질을 했다.

나는 내 쪽으로 굴러오는 눈알을 손가락으로 쳐서 날린 후 쿠란에게 다가갔다. 쿠란은 땅바닥에 바짝 엎드려서 전방을 주시하고 있었다.

뭘 보고 있는 거지?

나는 살짝 고개를 들어 쿠란이 보는 방향을 바라보았다.

"......!"

응당 시체만이 가득해야 할 들판에 움직이는 사람들이 있었다.

숫자는 둘. 모두 한 손에 칼을 들고 있으며 누비 갑옷으로 무장하고 있었다. 바로 적군 병사들이었다.

그들은 칼로 시체를 뒤집으며 품을 뒤지고 있었다. 죄수들의 시체를 뒤져서 뭐가 나오겠는가만 그들은 열심히 뒤지고 있었다.

"쿠란."

쿠란은 잠시 생각하는 듯한 표정이더니 말했다.

"칼을 꺼내. 죽인다."

그리고는 품안에서 단검을 조용히 꺼냈다. 달빛을 받은 단검 날이 번뜩였다.

나는 바짝 마른 입술을 혀로 적시며 방패와 천 뭉치를 바닥에 내려놓았다. 그리고 쿠란과 마찬가지로 품안에서 단검을 꺼내 들었다.

적은 두 명. 그리고 그들을 조용히 처리하기 위해서는 쿠란이 둘을 모두 상대할 수 없다. 그렇다면 내가 직접 그중 한 명을 죽여야 한다는 뜻이다.

나는 쿵쾅거리는 심장 박동 소리를 들으며 점점 가까워지는 적 병사들을 바라보았다. 그간의 전투 경험을 통해 어딜 찌르고 베어야 하는지는 명확하게 알고 있다. 동맥을 끊어본 적도 있고, 뼈를 잘라본 적도 있으니까.

나는 단검의 손잡이를 꽉 말아 쥐었다.

냉정해지자. 이곳에서 살아남으려면 냉정해져야 한다. 감상에 젖으면 안 된다. 꿈도 희망도 없는 이 세상에서 살아남으려면 독해져야 한다.

가식 떨지 말자. 나는 이미 살인자다. 씻을 수 없는 오명. 내 손바닥에는 많은 이의 피가 묻어 있다. 그들은 밤마다 꿈에 나와 나를 괴롭혔다. 지금도 그렇고 앞으로도 그러겠지.

"놈들이 품안을 뒤지면 죽이는 거다."

쿠란은 내가 못 알아들었을까 봐 손을 품안에 넣고 뒤지는 시늉을 해 보였다.

나는 알았다고 고개를 끄덕인 후, 단검을 쥔 오른손을 등 뒤로 숨겼다.

성공적으로 죽일 수 있을까?

빗나가지 않고 죽이려면 놈의 시선을 끌어야 한다. 놈이 원하는 것은 돈이 될 만한 물건들, 아니면 식량이다. 전쟁 중에 빵을 한 손에 쥐고 죽는 건 정말로 이상한 일이니까.

내가 가진 물건 중에 놈의 시선을 끌 만한 것은 반지 하나

뿐이다.

나는 왼손 검지에 얌전히 껴 있는 반지를 바라보았다. 싸구려 구리 반지처럼 보이기는 해도 알 수 없는 문자가 음각되어 있어 골동품 같은 느낌이 났다. 이거라면 확실히 시선을 끌 수 있으리라.

일단 빵이 담긴 천 뭉치를 시체 아래에 잘 숨겨두었다. 나중에 먹을 생각을 하니 꺼림칙하긴 하지만 그래도 숨겨야 했다. 그리고 왼손을 배에 올려두어 반지가 잘 보이게 한 후 눈을 감고 기다렸다.

저벅저벅—

"잔, 돈이 하나도 없어!"

"죄수는 가난하다. 어쩔 수 없지."

발걸음 소리와 함께 놈들이 쑥덕대는 소리가 들려왔다. 나와 쿠란은 조용히 때를 기다렸다.

이윽고 놈들이 우리에게 다가왔다. 한 놈이 쿠란을 뒤지고, 다른 한 놈이 나를 뒤지기 위해 다가왔다.

놈은 우선 내 품안을 뒤졌다. 품안에는 아무것도 없었기에 놈은 걸쭉한 욕을 내뱉었다. 실눈을 뜨고 바라보니 놈의 시선이 내 왼손에 가 있는 것을 볼 수 있었다.

걸렸군.

"흐흐."

놈은 뭐라고 작게 중얼거리며 다른 놈의 눈치를 살피더니 내 반지를 빼기 위해 손을 뻗었다. 나는 주먹을 꽉 말아 쥔 상태였는데, 이것은 사후경직을 이용한 야비한 수법이었다.

이렇게 사후 경직인 것처럼 왼손을 꽉 말아 쥐고 있으면 놈이 반지를 빼기 위해 두 손을 모두 사용해 내 손가락을 펴려고 할 것이다. 그리고 그때가 내가 노리는 순간이다.

"윽."

과연 놈은 한 손으로 손가락을 못 풀자 검을 내려놓고 두 손을 모두 뻗었다.

그리고 막 힘을 주려는 순간,

촤악—

나는 오른손을 빠르게 휘둘러 놈의 목덜미를 베어 넘겼다.

단검은 놈의 목을 두부처럼 파고들어 단숨에 경동맥을 베어내고 밖으로 나왔다.

허공으로 피가 비산하고, 아래로 피가 한 움큼 쏟아져 내렸다.

"크르, 크르륵……."

놈은 간헐적으로 피가 쏟아져 나오는 목을 움켜잡으며 옆으로 털썩 쓰러졌다.

나는 눈 위로 쏟아진 피를 닦아내고 재빨리 몸을 뒤집어 다시 땅바닥에 엎드렸다. 그리고 쿠란을 바라보았다.

쿠란도 이미 깔끔하게 적을 해치운 후 나를 바라보고 있었다. 내가 고개를 끄덕이자 쿠란도 고개를 끄덕였다.

성공했다.

나는 시체 밑에 숨겨놓았던 천 꾸러미를 쥐고 단검을 다시 품안에 갈무리했다. 그리고 다시 방패를 한 손에 쥔 후에 쿠란을 따라 이동했다.

"……"

느낌.

목을 베어내는 느낌, 경동맥을 베어내는 그 느낌, 얼굴에서 채 가시지 않은 놈의 피 냄새……

단검이 놈의 목을 파고드는 순간, 나는 칼끝에서 놈의 심장 박동을 느낄 수 있었다.

쿵쾅쿵쾅쿵쾅쿵쾅쿵쾅!

본능적으로 박동하고 경고 신호를 내보내는 심장 소리!

그 심장 박동을 느낀 순간 내 심장도 거친 바다처럼 날뛰었다.

그리고 놈의 생명을 앗아가는 순간, 놈의 눈동자에 담긴 원한과 슬픔을 보았다. 핏발 선 눈동자. 달빛에 반사되어 괴기스러운 광채를 내뿜던 그 눈동자.

나는 세차게 머리를 저었다.

오늘도 나는 살아남았다. 그래, 나는 잘한 거야. 어쩔 수 없었어.

해가 막 지평선 너머로 보이기 시작했다.

우리는 바리케이드가 까마득하게 보일 때까지 기고 또 기었다. 그리고 초목들이 듬성듬성 자라난 곳을 지날 때는 꽁무니가 빠져라 뛰었다.

그리하여 마침내 키 큰 나무들의 그림자가 길게 드리워진 암녹색의 숲에 들어 올 수 있었다.

"느허억, 허억!"

나는 거칠게 숨을 몰아쉬며 쿠란을 바라보았다.

쿠란도 지쳤는지 훅훅거리며 호흡을 가다듬고 있었다. 하기야 하루 종일 기고 뛰었는데 안 지친다면 사람이 아니겠지.

나는 대자로 쭉 누워서 전신 근육을 이완시켜 주었다.

"가자."

한 10분쯤 쉬었을까, 쿠란이 일어나며 내게 손짓했다. 나는 고개를 끄덕인 후 쿠란을 따라 숲의 안쪽으로 들어갔다.

숲이라……. 그러고 보니 숲을 만난 것은 처음이다.

우리가 갇혀 있던 토굴은 밀림에 있었다. 그리고 그곳에서 평원까지 행군을 하고, 밤을 새워 평원을 미친 듯이 가로질러 왔다. 그렇다면 빙하에서 밀림으로 넘어올 때처럼 밀림에서 숲으로 넘어온 것일까? 그런데 숲은 빙하와 밀림 같은 극한의

오지가 아니다. 혹시 우리가 그 변태 같은 지역에서 벗어난 것일까?

나는 제발 그 변태 같은 지역에서 벗어났기를 빌며 쿠란을 툭툭 쳤다. 쿠란이 무슨 일이냐는 듯 뒤를 돌아보았다.

"목이 마르다."

"나도 그렇다. 물을… 가자!"

"……?"

물을 찾으러 가자는 말이겠지?

긴장감이 극에 달해 뛰어오는 동안에는 느끼지 못했는데 위험 지역에서 벗어나니 갈증이 급격하게 느껴졌다.

입안이 가뭄이 온 논밭처럼 말라가고 입술은 쩍쩍 갈라졌다.

우리는 평원에서 봤던 시냇물을 지표 삼아 숲 속을 이동했다. 그 시냇물이 숲까지 이어져 있었으니까 어딘가에 졸졸 르고 있을 시냇물만 찾으면 되었다.

"저기 있군."

시냇물은 금방 찾을 수 있었다. 숲 속은 한적해서 멀리서도 시냇물 흐르는 소리가 잘 들렸기 때문이다.

시냇물에 다가간 우리는 온몸에 끈적끈적하게 달라붙은 핏자국과 땀을 닦아냈다.

"푸아!"

나는 가죽 갑옷까지 훌렁 벗고 온몸을 구석구석 깨끗이 닦
았다. 피와 각종 오물, 시체가 가득한 들판을 기어서 왔더니
청결 상태가 말이 아니었다.

"이러다 시냇물이 오염되는 건 아닐까."

오물 찌꺼기가 둥둥 떠 있는 시냇물. 쿠란과 내 몸에서 나
온 것들로 인해 시냇물은 보기 안쓰러울 정도로 더러워졌다.

몸을 씻고 어느 정도 갈증을 해결한 우리는 다시 이동을 시
작했다. 도망치는 입장에서 걸어 다니는 여유를 보일 수는 없
으므로 몇 분간 호흡을 가다듬은 우리는 천천히 뛰기 시작했
다.

이제 해가 떴으니 인원 점검을 할 테고, 우리가 없는 것을
확인한 이종족들은 추적대를 편성할 것이다. 아마 평원까지
는 그 늑대 비슷하게 생긴 동물을 타고 빠른 속도로 추적해
오겠지.

하지만 숲에서는 두 발로 뛰어 쫓아와야 할 것이다. 그러니
조금이라도 더 거리를 벌려놔야 한다.

"후읍, 후읍!"

나는 코로 숨을 들이마시며 쿠란을 쫓아 열심히 뛰어갔다.
울룩불룩 솟아오른 그루터기를 뛰어넘고, 이끼가 뒤덮인 바
위를 밟고 질주했다.

꽤 상당한 거리를 달려왔지만 호흡은 전혀 거칠어지지 않

았다. 생존의 위기와 전쟁을 겪으면서 몸이 성장한 것이다. 팔과 복근에 튼튼한 근육도 붙었다. 하지만 체중은 오히려 줄어든 것 같았다. 제대로 못 먹으니 살은 빠질 수밖에 없다.

점점 잊혀가고 있군.

그러고 보니 지구에서의 생활이 마치 오래전의 기억처럼 여겨졌다.

이곳에 적응하면 적응할수록, 이곳의 언어와 문화를 익히면 익힐수록 지구와의 정서적 거리도 멀어지고 있었다.

일단은 좋은 것이겠지.

그만큼 잘 생존하고 있다는 뜻이리라. 지구에서의 생활을 잊게 된다 해도 내가 가지고 있는 유일한 목표만 잊지 않으면 된다. 초심을 잃지 말고 그 목표를 향해 가는 것이다.

이곳에서 살아남기, 그리고 지구로 돌아가기.

"나는 할 수 있어!"

*   *   *

"너희를 절대 놓치지 않겠다!"

갓 성인식을 마치고 전선에 투입된 바루족의 전사 빅커는 자신의 상관으로부터 지령을 하달 받았다.

그것은 탈출한 두 명의 인간 죄수를 잡아오라는 것이었다.

'전투원이 아니라 추적대라니!'

처음에는 추적대에 편성된 것을 알고 군대에 연줄이 없는 현실을 한탄했다. 상대적으로 전투원이 더 성과를 올릴 기회가 많으므로 군대에 연줄이 있거나 전투력이 높은 어린 전사들은 전쟁에 바로 투입되었기 때문이다. 그런데 빅커는 연줄도 없고 전투력도 낮았다.

'이런 젠장!'

하지만 곰곰이 생각해 보니 추적대에서 성과를 올리면 전투원으로 재편성될 가능성도 있을 것 같았다. 긍정적으로 생각하기로 했다.

'추적대원도 나쁜이군, 그 두 놈을 잡아오기만 한다면 모든 공이 다 내 것이다!'

빅커는 반드시 두 죄수를 잡아야겠다고 생각하며 짐을 꾸리기 시작했다.

연줄이 없고 전투력이 낮긴 해도 빅커는 멍청하지 않았다. 비록 죄수라 할지라도 인간들과의 전투에서 살아남고, 저 넓은 들판을 기어갈 정도로 끈기 있는 놈들이라면 제법 한가락 한다는 뜻이다.

팅— 팅—

빅커는 장궁의 시위를 당겨 장력을 확인해 보았다. 밀림을 지나오느라 습기를 먹어 약간 늘어져 있다. 보급대에 들러 새

활줄을 받아야겠다고 생각하며 단검의 칼날도 확인했다.

쉬악—

되도록이면 근접전은 하지 않을 생각이지만 혹시 맞붙게 된다면 필요할 것 같았다. 빅커는 주로 쓰는 단검과 여분의 단검을 가방에 넣었다.

그 외에 밧줄, 수리검, 부싯돌, 침낭, 물컵, 비상약, 건조 식량 등을 챙겼다. 그야말로 만반의 준비를 갖춘 빅커는 가방을 어깨에 짊어 메고 막사 밖으로 나왔다.

빅커는 보급대를 맡고 있는 원로 전사에게 다가갔다. 바루스족의 원로 전사 매도스가 빅커를 보더니 아는 체를 했다.

"여, 빅커, 첫 지령인가?"

"예, 도망친 죄수 두 놈을 잡아오라는 지령을 받았지 말입니다."

"그래, 뭘 갖고 가려고?"

"튼튼한 활줄 하나가 필요합니다."

매도스는 고개를 끄덕인 후 상자에서 활줄 여러 개를 꺼내 빅커에게 넘겨주었다.

"혹시 모르니까 여분을 많이 챙겨가라고."

"감사합니다, 매도스님!"

빅커는 가방에 활줄을 챙겨 넣고 야수 관리인에게 다가갔다. 야수 관리인은 전투할 때나 누군가를 추적할 때 타는 '케틀락'을 관리하는 사람이다.

'케틀락'은 지구상의 늑대와 외관이 비슷하고 체구는 다 자란 황소만 한 야수다. 야수 중에서 가장 길들이기 쉽고 체 구에 비해 이동 속도도 빠르지만 그 수가 적어서 기사같이 전 투력이 높은 병사들만 탈 수 있었다.

하지만 예외가 있었으니, 바로 추적대가 편성될 때 추적대 당 케틀락을 한 마리 보급 받을 수 있었다. 빅커는 그 점을 잊 지 않고 활용하여 야수 관리인으로부터 케틀락을 넘겨받았 다.

빅커는 케틀락을 타고 바리케이드 밖으로 나왔다. 저 하늘 위에 높게 걸린 태양이 그렇게 밝을 수가 없었고, 하늘은 톡 하고 치면 쨍 하고 깨질 것 같이 맑았다.

"좋았어. 일이 잘 풀리는구나."

빅터는 씩 미소를 지은 후 케틀락의 고삐를 잡아당겼다.

"크윙!"

케틀락은 짧게 울부짖은 후 지축을 박차고 달려나갔다. 케 틀락이 한 걸음 한 걸음 내디딜 때마다 쿠란과 베인 일행에게 죽음이 성큼성큼 다가가고 있었다.

*　　　*　　　*

"잠시 휴식."

쿠란과 나는 달리는 속도를 서서히 줄이고 마침내 멈춰 섰다.

땀이 뻘뻘 나고 폐가 터질 것 같았다. 나는 슬슬 걸어 다니면서 가빠진 호흡을 가다듬고 다리에 뭉친 근육을 풀어주었다.

도대체 얼마나 달린 걸까? 정확히는 모르겠지만 두 시간은 달린 것 같다. 이 정도로 속도로 평지에서 달렸다면 두 시간은 더 달릴 수 있었겠지만, 나무뿌리를 뛰어넘고 미끈거리는 바위를 밟거나 피하며 달렸더니 체력 소모가 엄청났다.

더군다나 갈증도 났다. 배도 고픈데 입안이 바짝 마른 상태에서 빵을 먹으면 아마 죽고 싶을 것이다. 쿠란도 목이 마른지 혀를 내밀고 개처럼 헥헥거리고 있었다.

나는 황급히 주변을 둘러보았다. 혹시나 했는데 역시나 있었다. 바로 수분 공급원 물이끼!

바위나 나무에 붙어서 복슬복슬하게 자란 물이끼는 뽑아서 쭉 쥐어짜면 물이 방울방울 흘러나온다. 밀림을 지나갈 때도 자주 써먹었던 방법이고, 토굴에서도 갈증을 해결하기 위해 써먹었던 방법이다.

쪼르르—

나는 물이끼를 한 움큼 뜯어서 걸레처럼 쥐어짰다. 그러자 물이끼 안에 맺혀 있던 물방울이 쪼르륵 흘러나와 입안으로 들어갔다. 흙 맛이 섞인 이상한 맛이 나긴 했지만 그래도 물이었다.

힐끗 쿠란을 쳐다보자, 내가 하고 있는 꼴을 멍청한 표정으로 쳐다보고 있다가 재빨리 나를 쫓아 물이끼를 뜯었다.

"어때? 죽이지?"

이건 원래 내가 하고 싶은 말이었다. 하지만 '어때?'라는 말도 몰랐고, '죽이지?'라는 말도 몰랐다.

"물이다."

그래서 나는 쿠란도 당연히 아는 사실을 말했다. 이렇게 말하고 나자 가슴이 무척 답답해지고 지금까지 단어를 주구장창 외우던 것에 회의가 들었다. 도대체 어느 세월에 언어를 다 익힌단 말인가.

"그래, 물이야. 베인, 정말 놀라워!"

쿠란은 구세주를 만난 것 같은 표정으로 내 어깨를 툭툭 쳤다.

내가 제대로 해석한 것이겠지? 나는 씨익 웃으며 고개를 끄덕였다.

물이끼를 더 뜯어 목을 축인 후 그루터기에 걸터앉아 가지고 온 빵을 뜯어 먹었다. 내가 가지고 있는 빵은 다섯 개다. 그리고 쿠란은 오래전부터 모아와서인지 열일곱 개나 가지고 있었다. 더 모았을지도 모르겠지만 다 들고 오기가 힘들었을 것이다.

아무튼 식량은 최대한 아껴서 먹는 것이 좋다. 식량이 떨어지면 어쩔 수 없이 사냥을 해야 되는데, 그 와중에 추격대와의 거리가 좁혀질 것이 틀림없다.

뭐, 정 사냥할 시간이 없으면 단백질을 찾아 나무와 바위 밑을 들쑤시고 다니면 된다.

쿠란도 거친 인생을 살아왔으니 장수하늘소 정도는 먹을 수 있겠지?

나는 아직까지는 순조로운 상황에 감사하며 앞으로도 이렇게 되기를 신께 빌었다.

뛰고 휴식하고, 뛰고 휴식하기를 반복했다. 한 번 쉴 때마다 날은 점점 저물어갔으며, 으레 하루가 지나가듯 숲 속에도 밤이 찾아왔다.

나는 싸늘하게 내려가는 기온에 부들부들 떨며 쿠란을 바라보았다. 쿠란 또한 나처럼 가죽 갑옷만을 입고 있었기 때문에 부들부들 떨기는 마찬가지였다. 마치 실오라기 하나 걸치지 않은 채 야외에 버려진 기분이다.

"불을 피우는 건 어떨까?"

물론 불을 피우면 혹시 모를 추격대에 노출될 가능성이 매우 높았다. 또한 야생 동물들의 이목도 끌 것이다. 하지만 숲 속은 그냥 추운 게 아니라 추워도 너무 추웠다. 솜으로 가득 채운 누비 갑옷이 아니라 딱딱한 가죽 갑옷만 입어서 그런지 정말 추웠다.

쿠란은 잠시 갈등하다가 고개를 끄덕였다. 그러더니 빵을 담아온 천 뭉치에서 부싯돌과 부시를 꺼내 들었다.

그사이 나는 연료가 될 만한 마른 낙엽과 나뭇가지들을 주워왔다.

부싯돌은 흰색이나 검은색의 반투명한 재질의 차석으로 부시와 부딪치면 불똥을 튀겨 불을 일으킬 수 있는 돌이다. 그리고 부시는 한 손에 잡힐 정도 크기의 쇳조각인데 쿠란이 얻은 전리품 중 하나이다.

이 부시와 부싯돌만 있다면, 그리고 잘 타는 낙엽과 솜 재질의 잎사귀를 모아 부싯깃을 만든다면 불을 잘 피울 수 있다.

쿠란은 내가 주워온 부싯깃을 아래에 놓고 부시와 부싯돌을 부딪쳐 마찰을 일으켰다.

탁— 탁—

불똥은 우리가 바라는 대로 부싯깃 위에 얌전히 떨어지지 않았다. 사방팔방으로 튀며 애꿎은 곳에 자신의 찌꺼기를 분사했다.

나는 눈으로 불똥이 튀지 않게 조심하며 바닥에 몸을 납작

붙여 입으로 바람을 불 준비를 했다.

탁— 탁— 탁— 탁—

쿠란은 일정한 힘과 속도로 꾸준하게 부싯돌을 부딪쳤다. 불똥이 부싯깃 위로 와르르 쏟아졌지만 불씨가 살아날 기미는 보이지 않았다.

"……!"

그때, 딱 봐도 이놈은 뜨겁다 싶은 새빨간 불씨 하나가 솜 위에 턱하니 떨어졌다. 불씨는 주위의 솜과 낙엽을 살라먹으며 조금씩 몸을 키우기 시작했다. 나는 재빨리 살살 바람을 불어 불씨가 살아나도록 도왔다.

이윽고, 연기가 피어올랐다. 나는 마른 풀로 불씨를 옮긴 후 다시 입으로 바람을 불어 불을 키웠다.

화르륵—

불이 붙은 풀 위로 나뭇가지를 얹자 드디어 모닥불이 완성되었다.

확실히 숙련자가 불을 피우니 금방 불씨가 붙는 것 같다. 이제는 라이터도 없으니까 나도 틈나는 대로 연습해서 생존 능력을 키워야겠다.

"후……."

새하얀 입김이 공기 속으로 어지럽게 은빛 수를 놓았다.

우리가 불을 피운 곳은 약간 파인 지형이다. 뒤와 옆으로는 바위가 누운 U자 형태로 놓여 있어서 멀리서 불꽃을 들킬 염려는 적었다. 문제는 연기인데, 연기를 최소화시키는 방법에는 여러 가지가 있다.

일단 장작을 나란히 놓고 1㎝ 정도의 간격을 벌려놓는다. 그리고 장작 옆에 받침 나무를 놓고 그 위에 잘 마른 나무를 올려놓아 미끄럼틀처럼 만들면 연기를 최소화시킬 수 있다. 이렇게 만들어놓으면 연기도 적게 날 뿐만 아니라 내부에서 대류 현상이 일어나 원하는 방향으로 연기를 보낼 수 있다.

아니면 벽에 장작을 세워서 태우는 방법도 있다. 이렇게 하면 장작이 다 타버려 숯이 될 때 부러지지만, 다시 장작을 세우면 연기가 적게 난다.

이러한 생존 비법들은 거의 쿠란에게서 얻었다. 쿠란이 어디서 뭘 하다 왔는지는 모르겠지만 덕분에 생존 능력이 크게 향상되는 기분이다.

또 새롭게 안 사실인데, 아무리 근육질 몸매에 신체가 건장하다고 해도 다 불을 잘 피우는 것은 아니었다.

거구의 근육질 바햐스보다 노련하고 테크닉을 꿰고 있는 호리호리한 체구의 쿠란이 훨씬 불을 잘 피웠다.

게임과 비유하자면 힘만 키운다고 되는 일이 아닌 것이다. 적어도 잔재주에 있어서는 민첩성이 더 중요한 역할을 하는 것 같았다.

아무튼 우리는 불에 몸을 녹이며 이런저런 대화를 나누었
다.
　내 짧은 대륙 공용어로 몇 마디나 나눌 수 있겠는가만 그래
도 바디 랭귀지를 섞고 그림을 그리며 대화를 나누면 꽤 좋은
정보들을 얻을 수 있었다.

CHAPTER **08**
쫓는 자와 쫓기는 자

쿠란과 베인이 들어간 숲의 초입.

보랏빛 행성이 기괴한 분위기를 자아내는 야심한 밤에 한 사람, 아니, 한 바루스족이 흙바닥에 코를 대고 냄새를 맡고 있었다.

스으읍―

이런 개를 연상시키는 행위를 하는 자는 바로 빅커였다.

빅커는 그들이 잠시 쉬며 빵을 먹었던 곳을 정확히 찾아 그 곳에서 그들의 냄새를 맡을 수 있었다.

"다행히 다른 동료는 없나 보군. 둘이라면 근접전도 무리가 아니지."

빅커는 콧등에 묻은 흙을 털며 일어났다.

마음 같아서는 케틀락을 타고 숲 속으로 들어가고 싶었지
만, 지금은 전시 체제라 케틀락을 오랫동안 쓸 수 없었다.

즉, 이제부터는 두 발로 뛰어 죄수들을 쫓아야 한다.

"좋아."

인간들이 뛰어봤자 바루스족의 달리기 속도에는 미치지
못하니 금방 잡을 수 있을 것이다.

빅커는 가방에서 활시위를 꺼내 활대에 건 후 화살 통을 허
리에 비스듬히 찼다.

달려가다가 머리라도 보이면 그대로 화살을 쏴서 요격할
셈이다.

"피융."

빅커는 머릿속으로 화살이 날아가 죄수들의 머리를 꿰뚫
는 상상을 하며 씨익 웃었다.

승진이 가까워지고 있었다.

*　　　*　　　*

깔끔하게 모닥불을 처리한 후 우리는 다시 달리기 시작했
다.

밤이긴 했지만 보랏빛 행성이 밝은 탓에 우거진 나뭇가지 사이로 빛이 들어와 시야에는 아무런 장애가 없었다. 인간인 우리가 이런데 하물며 신체 능력이 뛰어난 바루스족은 얼마나 잘 보일까.

문득 두려움이 피어올라 심장이 두근거렸다. 정말 이대로 도망치다가 잡히면 반드시 죽는다. 아니면 고문을 받다가 죽는다.

이것은 게임이 아니다. 여분의 목숨이 없는, 꿈도 희망도 없는 현실 세계인 것이다.

젠장.

나는 쿠란에게 뭔가 물어보기 위해 그를 향해 손을 뻗었다. 그리고 막 그의 어깨에 손이 닿으려던 찰나,

쒜에엑— 퍽!

"끄아아악!"

어둠을 뚫고 날아온 한 대의 화살이 내 손가락 사이로 지나가며 쿠란의 허벅지를 꿰뚫었다. 쿠란은 그 충격에 앞으로 나동그라졌고, 나는 황급히 고개를 숙이며 뒤를 돌아보았다.

저 멀리 야트막한 언덕 위에 화살을 겨누고 있는 이종족이 보였다.

그는 어둠에 몸을 숨기고 있었는데 화살촉에 행성의 빛이 반사되어 번쩍거리고 있었다.

"쿠란, 정신 차려!"

나는 쓰러진 쿠란을 일으켜 세우고 앞으로 달려나갔다. 쿠란은 이를 악물며 화살대를 부러뜨리고는·나를 쫓아 달려왔다.

그때,

쒜에엑— 텅!

귀에서 따끔한 느낌이 들더니 옆에 있던 나무에 텅! 하고 화살 한 대가 날아와 박혔다.

나무가 부르르 진동하며 낙엽이 허공에 흩날렸고, 순간 심장이 덜컥 내려앉았다.

"으, 으, 으으으으!"

나는 몸서리치며 고개를 더 숙였다.

이러다간 죽을 거야!

무슨 수를 써야 한다. 아무리 숲 속에 나무가 많다 할지라도 허벅지에 부상을 입은 쿠란과 함께 도망치는 것은 무리가 있었다. 그가 이를 악물고 달리는 것에는 한계가 있다. 고통의 한계치에 도달하게 되면 속도가 점점 느려지기 시작할 것이고, 추격자에게 덜미를 잡히게 될 것이다.

쿠란이 화살만 맞지 않았더라도 어떻게든 도망칠 수 있을 텐데!

생각해라, 생각해! 방법을 떠올려!

나는 입술을 지그시 깨물었다. 그런데 그때 문득 어떤 생각이 떠올랐다. 하지만 이 생각은 내 양심에 거센 반발을 일으켰다.

바로 쿠란을 버리고 도망치는 것.

나는 어떻게 해야 할까. 쿠란은 허벅지에 화살을 맞고 말았다. 그는 머지않아 고통을 못 이겨 속도를 늦추게 될 것이다. 장기적인 관점으로 봐도 그의 현재 상황은 최악이었다.

의리를 지키며 그를 끝까지 돌봐줘야 할까, 아니면 실리를 추구하여 나 혼자 도망쳐야 할까? 그를 도와주는 것이 옳은 행위일까, 아니면 나라도 살아남아야 할까?

쿠란도 살고 나도 사는 방법을 떠올리려고 애써보았지만 도무지 생각나지 않았다. 식은땀만이 등줄기를 타고 주르륵 흘러내릴 뿐이다.

아, 젠장!

옆에서 달리는 쿠란의 표정을 살펴보니 지옥의 악귀처럼 사정없이 일그러져 있다. 고통이 엄청나다는 증거다.

나는 이를 악물었다. 어금니가 시릴 정도로, 어금니가 으깨져라 세게 물었다.

내 마음은 이미 한곳을 향해 기울어져 있었다.

우리는 커다란 돌 뒤로 돌아가 잠시 몸을 숨겼다.

쿠란을 살펴보니 안색이 하얗게 질린 것이 피를 많이 흘린 것 같다.

이런 제길! 하는 수 없지.

나는 쿠란의 어깨를 잡고 흔들었다.

"쿠란."

쿠란이 힘없이 고개를 들었다. 나는 그의 눈에서 체념과 절망을 볼 수 있었다.

쿠란. 그래, 쿠란.

쿠란이 만약 나를 무리에 껴주지 않았더라면 전쟁터에서 목숨을 잃었겠지. 아니면 귀를 못 구해 굶어 죽었을 거야. 또 이곳에서 살아남으려면 쿠란의 도움이 필요하지. 쿠란을 도와야 한다.

잠깐 쿠란을 배신할 생각을 했던 내가 역겨웠다. 그리고 순순히 마음에서 우러나오는 호의가 아니라, 철저한 계산 하에 도출된 호의라는 사실에 마음이 걸렸다.

하지만 이렇게 살아남는 것이겠지.

"포기하긴 이르다."

나는 손가락에서 반지를 빼내어 그의 손가락에 끼워주었다. 그러자 반지에서 빛이 번쩍였다.

쿠란도 반지를 사용할 수 있군. 정말 이 세상의 마법은 마나 없이 쓸 수 있는 걸까? 아니면 쿠란이 마나를 쓸 수 있는 걸까?

"이건 슈뢰므 반지군!"

'슈뢰므'가 마법이라는 뜻이구나. 나는 그의 말에 고개를 끄덕였다.

그러자 쿠란의 눈에서 생기가 돌기 시작하더니 그 의욕 가득한 눈빛으로 나를 바라보았다.

"잘했어, 베인!"

"이제 어떻게 할 건지 생각부터 해봐."

반지를 잘 구했다는 뜻이겠지? 나는 그에게 고개를 끄덕여준 후 바위 바깥으로 목을 빠끔히 내밀어보았다.

그러자,

쒜에엑—

"헛!"

나는 가까스로 화살을 피해내고 바위에 등을 바짝 붙였다. 하마터면 코에 구멍이 날 뻔했다.

역시나 멀리서 이곳을 조준하고 있군. 적은 원거리 타입인가?

쿠란의 상처를 살펴보니 다리의 상처에서 피가 더 이상 흐르지 않았다. 호흡도 진정된 것이 상처가 많이 치유된 것 같았다.

그때, 상처를 살펴보던 쿠란이 고개를 들며 말했다.

"베인, 계획이 있다."

"뭔데?"

내가 묻자 쿠란이 앞쪽을 가리켰다. 쿠란이 가리키는 곳을 보니 그곳에는 절벽이 있었다.

"나는 저기로 갈 테니 너는 반대쪽으로 뛰어."

"뭐? 저기로 간다고? 너 죽을 것 같은데?"

안 그래도 다리가 완전히 낫지 않았는데 절벽으로 뛰어내린다는 것은 자살 행위다. 아니, 설혹 저기까지 재빨리 갈 수 있을지라도 절벽으로 뛰어내린다니?

내 의문을 풀어주려는 듯 쿠란이 천 뭉치에서 밧줄을 꺼냈다. 밧줄은 여러 겹으로 꼬여 있어서 쿠란의 몸무게 정도는 거뜬히 버텨줄 것 같았다.

"이런 건 언제 준비했냐?"

"훔쳤다. 천막 만들 때."

쿠란은 밧줄로 자신의 몸을 감았다. 그렇다고 막 감은 것이 아니라 가랑이 사이로 밧줄을 통과시킨 후 허리를 감고, 어깨 밖으로 밧줄을 빼내었다. 딱 봐도 추락 시 몸에 받는 장력을 줄이기 위한 방법이다.

준비를 마친 쿠란은 내 어깨에 손을 올리며 말했다.

"동쪽으로 와. 숲의 끝에서 기다릴게."

나는 고개를 끄덕였다.

"그래, 살아서 보자."

쿠란도 고개를 끄덕이더니 오른손을 들어 보였다. 오른손을 쫙 편 그는 천천히 숫자를 헤아리기 시작했다.

5, 4, 3, 2, 1!

"흡!"

나는 숨을 짧게 들이마신 후 재빨리 땅을 박차고 달려나갔다. 내가 점찍어둔 곳은 화살을 충분히 막아줄 수 있는 큼직한 나무 뒤다.

쒜에엑—

예의 화살 날아가는 소리가 들렸으나 내 주위에서는 들리지 않았다.

그렇다면 쿠란에게 날아갔다는 소린데?

안전히 나무 뒤로 몸을 숨기고 절벽 쪽을 살펴보니 쿠란은 무사히 화살을 피해내고 한 손에 밧줄 고리를 쥔 채 뛰어내렸다.

좋았어. 다리가 괜찮아 보이는군.

나는 상체를 숙이며 죽을힘을 다해 달려갔다.

탓탓탓—

뒤에서 추격자가 낙엽을 밟으며 빠른 속도로 다가오는 것이 들렸다. 낙엽 밟는 소리가 가까워지면 가까워질수록 내 심장은 쿵쾅쿵쾅 거세게 박동 쳤다.

그때, 등허리가 서늘해지며 머리카락이 쭈뼛 곤두섰다. 본능적으로 위험을 직감한 나는 재빨리 옆으로 굴렀다.

휙—

뭔가 예리한 것이 내 뒤통수를 훑고 지나갔다.

나는 심장이 철렁하는 것을 느끼며 울고 싶은 것을 겨우 참았다.

그러고 보니 쿠란이 절벽 밑으로 떨어진 이상, 추격 대상은 나밖에 남지 않았다. 저 추격자가 미친 척하고 절벽으로 뛰어내려 쿠란을 쫓아가지 않는 이상 말이다.

"시발!"

절로 욕이 튀어나왔다.

나는 거칠게 숨을 몰아쉬며 바위를 타 넘고, 나무와 나무 사이로 달려 날아오는 정체불명의 무기를 요리조리 피해 다녔다.

사람은 죽을 위기에 처하면 미지의 힘을 발휘한다더니 내 상황이 딱 그 꼴이었다.

심장은 미친 듯이 두근거리고, 부신피질에서는 막대한 양의 아드레날린을 혈관으로 콸콸 쏟아 보낸다. 이완, 수축, 이완, 수축! 근육은 미친놈 널뛰듯이 날뛰며 비명을 지른다.

콰르르르!

그때, 우측에서 급류 흘러가는 소리가 들렸다. 그쪽으로 달려가 물살을 살펴보니 구명조끼 없이 빠지면 딱 죽을 정도의 세기이다.

추격자가 어디까지 쫓아왔나 뒤를 돌아본 순간, 나는 눈앞으로 뭔가 쇄도해 오는 것을 보며 본능적으로 고개를 돌렸다.

쒜엑—

추격자는 어느새 내 뒤에 도달해 있었다. 그는 단검을 뽑아 빠른 속도로 내게 휘둘렀다.

쉬이익—

찌이익—

가까스로 천 뭉치를 들어 막았다. 예리한 단검은 두꺼운 천을 종이 자르듯 길게 베어버렸다. 그러자 천 뭉치에서 빵이 쏟아져 나왔고, 추격자가 그것에 집중한 사이 재빨리 방패를 휘둘렀다.

텅—

젠장.

회심의 일격이었는데 추격자는 오른팔을 들어 간단히 막아냈다.

으아아아아!! 제기랄!!

쒜엑—

그때 가죽 갑옷이 찢어지는 것이 느껴지더니 등판이 따끔거렸다.

이런 미친! 단검으로 가죽 갑옷을 찢어버리다니! 원거리 타

입이라도 바루스족이라면 절대 근접전을 벌여서는 안 되는구나!

　나는 칼에 난자당하는 것보다는 저체온증, 혹은 호흡 곤란으로 죽는 것이 낫다고 생각했다. 아니, 생각해 보니 저체온증과 호흡 곤란도 무섭지.

　그냥 눈앞까지 득달같이 달려오는 저승사자를 피해 급류로 뛰어내렸다.

　풍덩—

　"으아어러얽!"

『생존록』 2권에 계속…

獨步行

독보행

임영기 新무협 판타지 소설

FANTASTIC ORIENTAL HEROES

그날, 심산유곡에서 수련하던
한 명의 소년이 강호로 내려왔다.

모든 이가 소년을 비웃고,
모든 무사가 그를 깔봤다.

소년은 흔들리지 않는다.
"이 천하를 독보(獨步)하리라!"

한번 시작한 걸음, 결코 멈추지 않으리라.
천하여! 무림이여!
대무영(大武英)이 간다!!

Book Publishing CHUNGEORAM

유행이 아닌 자유추구
WWW.chungeoram.com

ALCHEMIST
알케미스트

FUSION FANTASTIC STORY 시이람 장편 소설

2013년, 또 하나의 현대물이 깨어난다.
현대에서 펼쳐지는 연금마법진의 진수!

인간 최초의 9서클을 이룩한 마법사 아스란.
죽음의 위기에서 그가 남긴 유지가
차원을 넘어 지구에 떨어진다.

일리미트 비블리어시카(Illimite bibliotheca)!

그 무한한 힘과 지식을 얻게 된 김창준.
3년 전으로 돌아간 날을 기점으로,
삶이, 인생이, 그의 희망이 바뀐다!

**현대에 강림한 진정한 마법사의 전설!
끝도 없이 세상을 향해 날개를 펼치다!**

Book Publishing CHUNGEORAM   유행이 아닌 자유추구 WWW.chungeoram.com

신풍기협 神氣劍俠

FANTASTIC ORIENTAL HEROES

윤신현 新무협 판타지 소설

「수라검제」, 「태양전기」의 작가 윤신현
우직한 남자의 향기와 함께 돌아오다!

사부와 함께 떠났던 고향.
기다리는 친구들 곁으로 돌아온 강진혁은
사부의 유언을 지키기 위해 강호로 나선다.
반드시 돌아오겠다는 약속을 남기고.

"믿어라. 난 결코 허언을 하지 않는다."

무인으로 살 것인가, 무림인으로 살 것인가.
고민을 안고 나아가는 강진혁의 강호행!

신의 바람이 불어와 무림에 닿을 때,
천하는 또 하나의 전설을 보게 되리라!

Book Publishing CHUNGEORAM

유행이 아닌 자유추구 -
WWW.chungeoram.com

까불지마!

FUSION FANTASTIC STORY

무람 장편 소설

『태클 걸지 마!』의 무람 작가가
풀어내는 신개념 현대판타지 소설!

24살의 대한민국 청년, 강태영
타고난 병으로 인해 온몸의 근육이 힘을 잃어가는 그가 부모마저 잃었다!

"제기랄! 이 빌어먹을 몸뚱이!"

좌절하여 모든 걸 포기하려던 바로 그날.

꽈르르릉! 번쩍!
강태영을 향해 떨어진 푸른 날벼락.
그리고 그가 눈을 떴을 때
그를 기다리고 있는 것은……

날 비참하게 만들던 세상이여
더 이상 까불지 마라!

Book Publishing CHUNGEORAM

유행이 아닌 자유추구 -
WWW.chungeoram.com

ALCHEMIST

알케미스트

FUSION FANTASTIC STORY 시이람 장편 소설

2013년, 또 하나의 현대물이 깨어난다.
현대에서 펼쳐지는 연금마법진의 진수!

인간 최초의 9서클을 이룩한 마법사 아스란.
죽음의 위기에서 그가 남긴 유지가
차원을 넘어 지구에 떨어진다.

일리미트 비블리어시카(Illimite bibliotheca)!

그 무한한 힘과 지식을 얻게 된 김창준.
3년 전으로 돌아간 날을 기점으로,
삶이, 인생이, 그의 희망이 바뀐다!

현대에 강림한 진정한 마법사의 전설!
끝도 없이 세상을 향해 날개를 펼치다!

Book Publishing CHUNGEORAM

유행이 아닌 자유추구 -
WWW.chungeoram.com